DIX-HUIT ANS, PAS TROP CON

DIX-HUIT ANS, PAS TROP CON

QUENTIN LESEIGNEUR

SARBACANE · Beau & Court

À Marie et à toutes mes sources d'inspiration.

« L'homme est né libre et partout il est dans les fers. »
Jean-Jacques Rousseau, *Du contrat social* (1762)

« Quand on se rate, y a pas de prochainement
La vie est courte, et la mort a tout le temps
Né le matin, majeur à midi, vieux dès vingt heures
L'histoire oublie les héros pas les vainqueurs »
Oxmo Puccino, *365 jours* (2009)

Midi-minuit. Les horaires du rainté. 365 jours par an, depuis un bail. Enfin, depuis 2000, peut-être ? Je sais pas, j'étais tout petit, je dealais pas, moi. Mais les anciens disent que le tournant date de cette époque-là. Avant, ça marchait plus à la cool, pépère. Un seul point de vente, des heures fluctuantes, moins d'organisation. L'artisanat français, le vrai ! Aujourd'hui, en 2021, c'est carrément une PME qui carbure.

Alors, c'est parti pour un midi-minuit, t'es prêt ?

Le midi-minuit de ma vie.

Celui qui va tout faire basculer.

I
Le charbon

12 h. Décembre. Il caille. Froid piquant, pluie gelée. La totale. Je suis levé depuis une demi-heure, j'ai encore la tête dans le cul, malgré le café et deux clopes. Les p'tits ont fouillé les étages – toujours inspecter l'immeuble, car les condés peuvent planquer depuis l'aube. Là, tout est clean. RAS. Quand faut y aller…

Je mets d'abord la cagoule. Juste deux trous pour les yeux. C'est pénible, ça gratte, mais on s'y fait, comme au masque. Ensuite, les gants chirurgicaux, légers. Je serre la sacoche. Deux poches : une pour le produit, shit et beuh, l'autre pour les thunes. (La coke, c'est plus loin, dans le bât 4. On y vend aussi des ballons, du gaz hilarant quoi, depuis quelques mois. Clés en main et à des tarifs défiant toute concurrence.)

Le Z, mon charbon, c'est que du pilon, comme à la Demi-Lune. Des 2 g, 10 g, 20 g, 50 g en sachets ou sous cellophane. Entre 5 et 10 euros le gramme, selon les époques et les variétés. Un truc qui change pas : le quartier a la réputation de bien servir. Que de la frappe, sinon le client revient pas. On a toujours misé là-dessus pour se démarquer dans l'offre impressionnante de la région parisienne. Tous les prix sont tagués en bas des points de vente, style coffee-shop d'Amsterdam. La Moula, la White Widow, l'Amné, le Marocain, etc. Bien sûr, on a notre compte Snap qui présente tout ça dans les règles, histoire que les clin's aient l'eau à la bouche. Y en a qui viennent d'assez loin pour se fournir chez nous. Parfois même pour alimenter leur propre business.

On fait aussi de plus en plus de livraisons. Uber Shit. L'avenir du secteur, et même, déjà, son présent. Niveau organisation, on est clairement rodés.

Donc, je disais : la cagoule pour l'anonymat parfait, la paire de TN, le bas de survêt du Barça, la sacoche, la grosse doudoune Canada Goose, la conso, les clopes et le bonnet Lacoste dans la poche le temps du TP. C'est mon uniforme. Le boucher a son tablier, l'infirmière sa blouse, moi, c'est ça. Je suis opé pour ma journée de bicrave.

12h01. Paré, je me poste dans l'escalier entre le quatrième et le cinquième. Avec le ravalement récent, les murs sont bien propres – excepté celui du menu cannabis, en bas. Les marches sont nickel. Ben oui, va pas forcément t'imaginer une odeur de pisse qui envahit l'espace. C'est plutôt propre, et ça va le rester. C'est notre lieu de travail, on va pas le salir bêtement. P'têt' qu'ils font ça ailleurs, pas nous. Quelques emballages qui traînent, et basta. Et encore, moi, je ramasse. Les résidents, on essaye de les emmerder le moins possible, consigne des grands. Évidemment, il y a quelques tensions… qui dégénèrent, à l'occasion. Le business de cages d'escalier, ça plaît pas des masses.

On se cale sur la plateforme qui sépare les deux étages. Quatre mètres carrés environ, avec une fenêtre qui donne sur l'arrière. On a apporté un radiateur mobile pour nous réchauffer, chinois, je crois, y a des signes rouges incompréhensibles dessus. Il est branché sur une prise des espaces communs grâce à une rallonge.

« On » ? Ouais, on est deux : Rachid est posé sur sa chaise Decathlon, le machin sous la parka. (Le machin : le flingue, quoi. On n'est jamais trop prudent.)

Rachid, H24 en train de blablater sur les réseaux, c'est le beau gosse du groupe. Je suis pas pédé, hein, mais je sais faire la part des choses. Grand, dégradé progressif, dents blanches, bien stock avec la muscu, petite barbe, yeux verts, le rebeu BG type qui sait se faire aimer des meufs – un peu trop sûrement, d'où la difficulté à s'en trouver une pour de bon. La bonne, la vraie. Remarque, on a dix-huit piges, y a grave le temps pour se caser. Le mariage, c'est avant trente ans, OK, mais pas à la vingtaine !

Pour beaucoup d'Arabes comme nous, l'idéal, c'est de coffrer une *hlel*, une fille bien qui aura jamais connu d'autres hommes avant. En théorie, du moins. Les plus cheums vont même s'en dégoter une dans les montagnes du bled, pour être sûrs du pedigree. C'est ridicule, t'as pas idée – mais c'est sérieux pour beaucoup d'entre eux. Je dis *eux,* parce que moi, j'ai pas ce genre de souci. Leïla est la première et la dernière.

Quelle beauté… Ses cheveux bouclés, son odeur, sa grâce naturelle, ses formes, sa voix. J'aime les voix et entre toutes, la sienne. Délicate, rassurante, expressive. Je me sens bien avec elle. À ma place. On parle beaucoup. Mais je crois que ce que je préfère, c'est nos silences qui en disent long. Dans ces moments-là…

– Allô ?

Celui qui me tire de mes pensées, c'est Rachid, mon binôme. Au tout début, on se faisait un mi-temps chacun : midi-18 heures pour moi, 18 heures-minuit pour lui, ou l'inverse. Maintenant, on fait toute la session à deux, c'est plus sympa, la paye est meilleure, et puis, c'est cool de pas être seul.

Rachid, c'est mon meilleur pote. Il kiffe le basket, la NBA. C'est un gros fan des States en général, des films et de la musique qui viennent de là-bas. Son daron est une sorte de spécialiste dans le domaine, une encyclopédie vivante. Il va au ciné deux fois par semaine, a une collection de DVD à quatre chiffres et a même écrit des articles là-dessus, qu'on peut trouver dans des revues et sur Internet. Un crack, je te dis. Du coup, tel père, tel fils.

Nous vois pas comme des paumés de la vie : on est des gars normaux, on a des familles bien. J'ai deux parents et trois frère et sœurs en or. Le pilon, c'est juste pour manger, mieux vivre. Mais faut reconnaître qu'il y a aussi des égarés chez nous. Des gars sans aucun repère, des orphelins, des malheureux qui fuient leur famille d'accueil.

Je dirais pas qu'on est inséparables avec Rachton, mais pas loin. C'est mon gars sûr.

12 h 02. Premier iencli. (Ça démarre vite, tu vois ?) Un étudiant à peine plus âgé que moi. Des cheveux bruns, frisés, monosourcil, un peu crade. Souvent, ça se bouscule à l'ouverture, mais il a l'air d'être seul.

– Je voudrais un 20 euros de shit. Vous avez du jaune ?

– Nan, que du Ketama, là. T'inquiète, il est bon. Je le fume, pour te dire. Tu veux goûter ?

– OK, alors. Nan c'est bon, je vous fais confiance. À chaque fois, c'est top. Ça fait un peu peur la cagoule, quand même !

Il me tend un billet de 10 et de la caillasse, ce clochard. Il y a même des pièces d'1 euro dans le lot. Je suis obligé de compter du coup. 17, 18, 19, 20.

– Désolé pour la ferraille !

– Pas de souci, chef. Désolé pour l'anonymat. Tout va bien, sinon ?

– Impec, merci ! Bon, bah, salut !

– À bientôt.

Trente secondes. Emballé, c'est pesé. Et pourtant, je suis pas du genre à t'envoyer bouler le client sans un petit mot perso. Le stup, c'est un commerce comme un autre : faut fidéliser le consommateur. Le mettre à l'aise, qu'il craigne pas de venir dans la cité. Même s'il voit pas ta tête, il faut qu'il se sente en confiance. Trouver le juste milieu entre le fait qu'il puisse pas te reconnaître en cas de serrage par les condés et un petit attachement pour revenir le plus vite possible. Certains collègues aiment pas ce rôle de conseiller clientèle : ils charbonnent, basta. Moi, ça me déplaît pas. C'est du savoir-faire, et il semblerait que je sois pas le dernier, niveau tchatche.

12 h 04. Putain, ce froid qui pique. On enchaîne, la machine est lancée. Une nana, la trentaine, ultra-maquillée, bien fine malgré sa doudoune. (Les femmes sont plus rares. Il faut les bichonner encore plus.)

– Je peux avoir 20 balles de weed ?

Elle a une voix grave, cassée, originale. Assez plaisante. (Je t'ai dit, moi et les voix, c'est une grande histoire.)

– Évidemment, mademoiselle.

– Madame ! Ça se dit plus, mademoiselle, faut se tenir au courant !

– Ah, je savais pas. Excusez-moi, alors !

– Y a pas de mal. Merci, salut.

Elle part en riant. Je dois rougir, mais personne le voit, alors pas grave. Ça se dit plus, mademoiselle ? C'est quoi ces conneries encore ?

Bref, pas le temps de gamberger. Un trait dans la colonne du cahier de comptes.

J'en fais huit d'affilée sous l'œil de mon complice. Finalement, comme d'hab, c'est l'affluence à l'ouverture. Deux gars en costard, deux babos, un vieux, un camé, un blédard et une demi-pute.

Rachid a pas dit un mot depuis dix minutes. Il me laisse tout faire, l'enfoiré. Il est sur son phone à faire défiler des messages sur Insta. Je profite d'être entre deux clients pour m'assurer qu'il sait où il est.

– T'es muet ou quoi, gros ?

– Hum.

– Parle, wesh !

– Hum.

– Encore la gow de la dernière fois ?

– Ouais, la même.

– Tu l'as ken ou pas ?

– Bientôt, *inchallah*. Elle fait trop la princesse, j'te jure.

Je souris.

On est tellement différents. Qui se ressemble s'assemble ? Les opposés s'attirent ? Va falloir choisir ! Lui, il adore plaire. C'est l'acte de séduire, le fait de savoir que la meuf s'intéresse à lui, qu'elle le trouve charmant, qui le fait kiffer. Il tient un tableau de chasse hyper précis, dans un mémo sur son téléphone. La description physique, les discussions, l'acte final, tout y passe, et il donne une note sur vingt. Il a que dix-huit piges, mais il y en a déjà un paquet !

Moi, je suis tout l'inverse. Fidèle, une seule nana, Leïla. Un corps, un esprit. Je suis jaloux, possessif. Quand j'ai le moindre doute sur un mec qui tourne autour d'elle, que ce soit un like sur les réseaux ou une simple évocation d'un nom inconnu, je peux vriller et partir très loin. Ça me rend incontrôlable. Je me fais peur, parfois. Elle me rend dingue.

Tu sais, ça fait que six mois que je fais ce « job ». Pourtant, j'en connais déjà les ficelles. Le vrai problème, c'est qu'on sait jamais quand on va s'arrêter. 3 000 euros par mois environ, c'est une paye bien confortable pour la plupart des Français. Pour combien d'heures sur le terrain ? Pas trente-cinq, c'est sûr. Pour combien de risques pris ? Les bleus, une autre équipe, on sait pas ce qui peut se passer… Ça peut vite basculer. Krimo s'est fait rafaler l'année dernière, devant la Demi-Lune. Il avait à peine seize ans et rien à voir avec le business. Je fais souvent des dou'a pour lui et sa mère, une daronne qui vient du même village que la mienne. Regarde les infos, Twitter : Marseille, Toulouse, Grenoble, Nantes. Partout, notre taf fait des dégâts…

D'ailleurs, j'ai jamais compris ces gars qui se taillent pour savoir quel département est le plus chaud. Va jeter un œil sur les réseaux, y a que ça : des petits sous pseudos qui passent leur vie à se mesurer la bite. C'est de la merde. On est tous les mêmes, de la grosse cité du 93 au petit quartier de province.

On sait très bien qu'il y a que trois issues : percer et se barrer d'ici (pas la plus fréquente), la mort ou la prison. Moi, c'est pas trop mon objectif de vie, le trou ou la fin précoce. Même pas du tout. Je veux juste de la thune en attendant d'aller voir ailleurs. Où, je sais pas encore. Je me cherche, j'ai dix-huit ans, j'ai bien le droit. Dès que je saurai, ça va décaper, t'inquiète.

Au quartier, c'est le réseau qui embauche sans discrimination, si jamais t'es prêt à porter tes cojones. On se dit tous que c'est temporaire, qu'on va monter en grade ou changer de voie. Va savoir où ça me mènera, ce bordel.

Si t'es dans la drogue, t'as peur en permanence. Toujours aux aguets, on décolle à la moindre alerte. J'y pense tous les jours. Matin, midi, soir. Me faire soulever à 6 heures du mat chez mes darons, le bélier dans la porte d'entrée, le GIGN. Clairement, ça doit pas arriver. Je te le dis, mes parents auront même pas le temps d'être au courant. L'archouma totale, sinon ! Rien que pour ça, je sais que je ferai pas ce job éternellement.

13 h 37. On a bien envoyé, en une heure et demie. Plusieurs centaines d'euros de collectées. Moussa, un p'tit, va nous chercher un grec avec le billet que je lui ai donné.

– Hé ! T'oublies pas, hein ? Salade, tomates, oignons, pour moi ! Sans crudités pour Rachton ! T'as capté, le sang ?

– Ouais, ouais, j'ai capté, t'inquiète !

– Et la sauce ?

– Blanche pour le complet et Biggy pour l'autre ! Vraiment, j'ai capté !

Je lui mets une petite claque sur la tête et il décolle. On est mercredi, il a fini le collège à midi et commencé sa deuxième journée. Les microbes, ils font nos courses, c'est les fourmis du trafic. Très important : ils nous ravitaillent. (En graille, en produit, en matériel.) Ils montent chez la nourrice au dixième, ils ont la clé. Ils prennent les barrettes et les têtes de beuh conditionnées, et ensuite, ils passent le stup aux charbonneurs comme moi. Ils ont du boulot. Ils sont aussi au début de l'avenue pour chouffer, repérer les plaques qu'ils connaissent par cœur, celles de la mumu, de la BAC, les banalisées. Ils sont postés en bas du bloc ou sillonnent le quartier à vélo, scoot, trottinette, avec leurs sacoches remplies de pétards. Ils ont onze ou douze ans, ces p'tits. Leur grand truc, en ce moment, c'est de dire « feur » dès qu'il y en a un qui dit « quoi » dans une phrase. C'est des putains de gosses, qui font des avions en papier en cours de maths ! Et pourtant, dans la rue, ils risquent leur vie et sont des maillons de notre chaîne, celle des adultes. Si c'est suspect, ils crient « Ça passe », « Artena » ou « Arrahhh » comme à Marseille. Tout pareil que dans le Sud, ici ! Sauf le temps. Il pleut, il caille, c'est humide, ça te ronge les os.

J'enlève les gants, je me pose pour manger et Rachid sert les clients. On inversera quand j'aurai fini. Le grec dans une main, l'autre sur le radiateur. Pour te dire comme il fait froid.

Tu veux parler oseille, un peu ? J'ai le temps là, entre deux bouchées. Ça intéresse tout le monde, les histoires de sous ; je capte pas pourquoi les gens font des manières dès qu'il s'agit d'argent. Pas de tabou avec moi – pas de n'importe quoi non plus. On fantasme beaucoup sur ce que rapporte la drogue. Parfois, ça t'annonce des sommes astronomiques qu'ont rien à voir avec la réalité. Je vais parler de ce que je connais. Chez nous, un p'tit, un guetteur, il gagne quoi, soixante balles par jour ? Moi, autour de cent vingt, le gérant beaucoup plus. C'est un ordre de grandeur, hein. Certains jours, c'est moins ; souvent, c'est un peu plus. Le business, ça rapporte surtout aux grands. Chez nous, on va pas se mentir, on est pas aux 50 K par jour des fours de la Castellane ou de Saint-Ouen. Plutôt un gros huit mille par charbon. Ce qui fait autour de 25 K par jour pour toute la cité. Ouaip, on tourne. Vachement bien, même. Un commerce « très lucratif » comme dirait BFM. On est dans le haut du panier ; notre entreprise recrute sur toute l'Île-de-France – et même au-delà. Des types qui viennent pour une semaine, un mois, six mois, histoire de se faire de la maille. Notre DRH est pas trop regardant sur le CV.

Avec cette saloperie de confinement, on a fait rentrer deux fois moins. Ensuite, il y a eu la période du couvre-feu qui nous a encore mis des bâtons dans les roues… On s'est adaptés : gel hydroalcoolique, masques pour tout le personnel qui ne porte pas de cagoule, deux mètres entre les personnes devant l'entrée (c'est propre, chez nous, c'est carré). On verra bien ce que la suite nous réservera, mais là, on a repris du poil de la bête.

13 h 52. C'est au tour de Rachid. Il embarque la chaise et dégomme son grec en dix minutes, en regardant des résumés de matches. Pour nous, le repas est gratuit, sans facture, mais il s'agit pas pour autant de prendre une heure de pause, on est là pour la vente. De toute façon, j'oserais pas trop rentrer à la maison en journée… Je sais pas sur qui je pourrais tomber dans le salon.

J'ai deux grandes sœurs. Rania (vingt-trois ans) et Lina (vingt-et-un ans). Plus un frère, Ahmad (quinze ans). Mes deux sœurs sont encore étudiantes,

Rania en master de psycho sur Paris, Lina en BTS banque à Boulogne, donc normalement, je les croise pas, et c'est tant mieux pour moi, car je tiendrais pas deux secondes à leur mentir. Ahmad est en seconde.

Mes sœurs, c'est ma vie, celles qui m'ont dorloté quand j'étais petit. J'ai eu plus de mal avec mon frère, qui est venu chambouler mon exclusivité de bonhomme à la maison. Maintenant, ça va, c'est mon p'tit reuf. Il est « omniprésent et intéressé », c'est un de ses bulletins qui a dit ça ; paraît qu'il corrige les profs en classe, ce ouf. Je le suis de près. Dès qu'il y a un truc qui va pas, je le prends entre quatre-z-yeux et on règle le problème.

– Fais ce que disent les adultes, cherche pas plus loin !

Tant que j'ai pas un « OK » convaincu, je le lâche pas. Il me sort un sourire en coin, mi-provoc, mi-gênance et on reprend nos activités normales. À la maison, c'est pas le même qu'à l'école.

Décidément, je fais un peu tache dans le tableau. Heureusement que les parents sont pas au courant.

Déjà, il faut voir la scène que ç'a été quand je leur ai annoncé que j'arrêtais le foot… C'était il y a quatre ans, un soir. Sache que chez nous, le repas, c'est sacré. Tout le monde participe à mettre la table et à la débarrasser : on doit obligatoirement se laver les mains avant de manger ; la nourriture est servie à 20 heures pile et il est hors de question de manger avec la télé en fond sonore ou le téléphone à proximité. Ç'a toujours été comme ça. Ce jour-là, début de l'été, je me suis lancé :

– Je veux arrêter le foot.

– Comment ça ? demande mon père, froid.

– Ben, je veux plus en faire en club, quoi.

– C'est nouveau, ça ! s'exclame ma mère.

– J'ai plus envie, ça me prend trop de temps. Avec le lycée qui arrive, je préfère avoir plus de disponibilité pour les cours et mes potes.

Sourires à peine dissimulés de Rania et Lina, qui se regardent d'un air entendu. C'était les débuts avec Leïla ; elles soupçonnaient quelque chose, mais n'auraient jamais formulé cette hypothèse devant nos darons. Il faut savoir que mes deux sœurs sont fusionnelles à mort. On dirait parfois un monstre à deux têtes quand elles ont décidé de se liguer contre toi. Lina :

– C'est bien, ça, de vouloir tout donner pour ton avenir, c'est beau !

Rania :

– Ouais, franchement c'est fou de te voir évoluer comme ça ! Continue !

Je pense que je suis devenu rouge bien comme il faut. Par chance, mon père servait le poulet et n'avait jamais vu en moi le futur Zidane. Ma mère, elle, a pas du tout calculé le sous-entendu. Ahmad avait faim et n'a pas surenchéri. On en a reparlé peut-être une fois et c'était acté, j'ai plus foutu les pieds sur un stabilisé. C'est ça, notre famille : deux sœurs unies, deux frères indépendants et des parents un peu largués.

Ma mère (cinquante-trois ans) est secrétaire dans les tours de la Défense. Un boulot classique, stable, un salaire correct, des horaires à chier. Elle a fait des études pour ça, la première de sa famille. Avant, chez nous, les femmes, si elles bossaient, elles faisaient des métiers de merde. Le cliché des daronnes blédardes qui se cassent le dos dans les écoles pour nettoyer les saloperies des gosses… Je suis fier de ma mère. Je l'ai toujours été. Secrétaire, ça faisait pas mal sur les fiches de rentrée. Aujourd'hui, j'ai une vision plus nuancée, évidemment. On n'est pas dans la haute bourgeoisie. Elle aurait été capable de voir bien plus haut, si les planètes s'étaient alignées.

Mon père (cinquante-sept piges) est boucher dans le centre-ville. Grâce à lui, on a toujours mangé des choses de qualité, bien avant Top Chef. La bouffe, c'est son rayon. Et puis tout le monde le connaît ; quand tu vends la viande à toutes les familles du tieks, tu deviens une figure. Il a insisté pour s'installer en dehors du quartier. Il avait besoin d'un peu d'air.

Pour eux, l'éducation est non négociable : être serviable, courtois, travailleur, c'est obligatoire. Ils nous ont inculqué des valeurs solides, nous ont montré l'exemple, ont toujours pris soin de nous. Je compte bien leur rendre la pareille quand ils seront vieux, et qu'ils soient fiers de moi.

Actuellement, je suis un salaud. Je profite du fait que ma mère rentre tard, que mes sœurs ne soient plus là (elles ont un studio ensemble dans le 16e, rien que ça) et que mon père soit un peu à l'ouest pour faire ce que je fais. Mais c'est provisoire ! Je me donne jusqu'à la fin de l'année scolaire pour arrêter. Je me creuse la tête, avec Leïla, avec les potes, pour voir ce qui pourrait m'intéresser. Une fois que je sais, je me mets à fond dessus et je laisse tomber le charbon.

Ils auront pas de souci pour me remplacer.

2
Les emmerdes

14 h 12.

– Je danse bien, moi aussi, nan ? On dirait pas un vrai brésilien de São Paulo ?

Zak met le son, pas fort, pour pas effrayer le client. Il esquisse des pas de danse type carnaval de Rio, histoire de coller aux lyrics. Le tube de l'été 2020 (ça paraît déjà loin).

« En bande organisée, personne peut nous canaliser, dans la zone ça fume la fusée, pistés par la banalisée »

Zak, il gravite autour du deal. Un coup dedans, un coup dehors, on sait pas trop. Ce qui est sûr, c'est qu'il est LE comique de la cité. Le mec le plus drôle que je connaisse. Un mix de Walid Sax, Greg Guillotin et Thomas Ngijol. Une répartie de malade, toujours des anecdotes de fou, notamment sur son bled, Sfax en Tunisie. La nuit, après le taf, on se pose avec les gars, un jus, un teh, une chicha, Zak commence son numéro et on est pliés jusqu'à l'aube. Son heure de gloire ? Je sais pas, y en a tellement. Comment tu veux choisir entre la fois où il a imité, debout, le prof de français dans son dos pendant deux minutes devant une classe bidonnée ; ce moment où il a réussi à fuir un contrôle de la BAC avec les menottes aux poignets en tapant un sprint digne d'Usain Bolt, ou encore ce jour où il est arrivé déguisé en meuf pour l'oral d'histoire des arts ? Moi, j'y arrive pas. Et encore, là, c'est qu'un échantillon.

Avec les gars, on a passé des dizaines, des centaines d'heures à imaginer ce qu'on ferait avec dix millions, à jouer à « Tu le fais pour combien », à se rappeler les bons moments. Chaque année, t'as une couche qui s'ajoute, comme sur l'écorce d'un arbre.

Cet été, on est partis à la Grande-Motte. Première loc' de gamos, musique à fond, gros pilons pour descendre dans le Sud. Avec les quelques pépètes du charbon, on a loué une villa pour six et on s'est arraché la gueule tous les soirs (pas très *halal*, je sais, je sais, mais bon, c'est pas comme si on était les premiers, hein).

BAM. La porte du bas se ferme brutalement. J'entends une voix familière, forte et décidée.

– C'est ça, c'est ça ! Eh ben la prochaine fois, tu feras autrement, c'est tout !

Ça, c'est M ; c'est le gérant, le gros du tieks, celui qui empoche (en apparence du moins). Au-dessus de lui, il y a du monde : T, L et K, trois de ses frères. C'est eux, les tauliers du quartier. Sur chaque four, ils sont associés avec des grosses têtes (… enfin, je crois ; à ce niveau, c'est plus mon affaire, mais c'est ce qui se dit). En tout cas, c'est M qui dirige les affaires du quotidien. Les autres, on les voit jamais. M, lui, il aime bien se montrer pour rappeler qui tient le pavé. Inconscient ? Fier ? Bonhomme ? Professionnel ? Je vous laisse juger.

– Ça va les gars ? en nous checkant.

– *Hamdoullah*, ça va.

Tu le croiserais dans le métro, tu l'oublierais aussitôt. Banal de chez banal, le gars. Veste Zara, jean clair, baskets Air Force. Une barbe, un nez fin, les cheveux courts : une face sans relief. Mais une voix qui en impose à tout le monde.

– Ça tourne ?

– Ouais, ouais, ça va.

– Zak, tu prends le charbon. Vous deux, vous venez avec moi.

On sort en file indienne. La lumière du dehors me pique les yeux. Direct, j'enlève la cagoule pour respirer à pleins poumons. Je la renfile dans la foulée ; il nous emmène dans une allée loin des regards. Il tire taffe sur taffe. Je sens qu'il est pas content, genre pas du tout. C'est pas bon. Tu peux pas savoir ce qui se raconte sur lui et ses frères. Séquestrations dans des apparts, lynchages en forêt avec kalach sur la tempe, sacs plastiques sur la tête, j'en passe et des meilleures. Y a sûrement du *fake* là-dedans, mais c'est clair qu'on joue pas dans la même cour.

– On a un problème avec Djibril à la Demi-Lune. Vous allez lui faire comprendre qu'il faut pas faire de conneries.

– Le p'tit reuf de Saïdou ? Y a quoi ?

– Ce *hmar,* il tape dans la recette. Des 10 par-ci, des 10 par-là : j'ai vérifié trois fois le livre de comptes, et il en manque. Un putain de gruyère ! Les autres, j'ai confiance. Pas lui. C'est de famille, ces trucs-là. Avec son zgeg de frère, je me méfiais déjà, de base ! Vous allez voir Lassana tout de suite et vous réglez le problème. Je vous filerai deux cents balles chacun. *Belek* à pas faire de bruit. Allez, bougez.

Il se barre et nous laisse en plan.

Et merde.

Bon, Lassana, ça rassure. C'est le couteau suisse, le gars qui gère les soucis, le bras droit de M, ses yeux. Chez nous, il supervise les trois charbons. Il place les p'tits, il veille sur les sacoches, il est à l'affût. Il a bien vingt-huit piges, ce renoi. Une figure du quartier, marrant, sympa, un sourire ravageur. À coup sûr, il est posé au bar à boire son quatrième kawa de la journée avec des frères mus, des caïds, des schlags et des chômeurs à vie. Sacré mélange. Il paraît loin de tout ça, Lassana. En réalité, il a le nez collé au bitume.

– Putain, c'est chaud ça... On doit le fumer ou quoi ?

Maintenant, c'est Rachid qui cogne clope sur clope avec un air dégoûté. Il a les yeux qui vont d'un coin à un autre en une fraction de seconde. Il flippe grave. Il avait pas prévu ça. Passer des réseaux à la vie réelle, ça surprend, c'est sûr. Là, on est dans le concret.

– Nan, on va voir ce qu'il dit, mais je crois pas. C'est genre une *hagra*, mais vite fait, je pense.

– Vas-y mon reuf, on se grouille, là.

Les allées vertes serpentent entre les grandes tours de quinze étages et les petites barres toutes en longueur. Sur la place, il y a des nouveaux bâtiments vieux de quatre, cinq ans à la mode de maintenant. Ils veulent tout retaper, zapper l'histoire du quartier. Les murs sont détruits petit à petit, grignotés par le temps qui passe, puis dynamités pour de bon. Ils peuvent mettre des coups de pinceaux autant qu'ils veulent, l'âme s'envolera pas pour autant. Enfin, j'espère... T'imagines, ces dizaines de familles, ces milliers de destins qui n'auront plus rien à quoi se raccrocher ? *Miskine*. Tiens, là, par exemple, ce parking. Quand on était enfants, on a tapé nos meilleures parties de billes ici. C'était une sorte de terrain vague avec de grands arbres. Le but de tout gamin de notre époque, c'était de réussir à monter en haut du plus massif d'entre eux : on l'appelait Le Building. J'ai souvent mangé le sol en tentant son ascension. (Il aurait fallu sauter et attraper une grosse branche complètement inaccessible.) J'ai pas le souvenir que qui que ce soit l'ait réussie ! Et voilà, maintenant, c'est de l'asphalte bien gris, bien triste. On enlève aux gosses leur espace de liberté. Ça donnerait presque envie de pleurer, cette affaire.

Lassana est là, posé en terrasse, comme prévu, protégé de la pluie fine par le parasol qui date de la guerre (la première). Ça golri à fond. Il parle avec un grand blanc, bien fatigué. Ce soir, c'est la Champions League et tout le monde cause que de ça. Début de saison, milieu de saison, fin de saison, les chances du PSG, la finale City-Chelsea l'année dernière, Pochettino, qui est favori, tout ça.

– T'es fou ou quoi ? Ils sont injouables ! À 100 %, ce sera Liverpool, ma gueule !

– Gros, le Bayern, c'est in-tou-chable cette année. Ils vont fracasser tout le monde, je te dis. Viens on arrête de jacter et on parie, nan ?

– Allez ! Cent balles que les Reds gagnent la C1 !

Ça y est. Ils ont capté qu'on attend comme deux clampins.

– Vous voulez quoi, les p'tits, vous voyez pas qu'on parle de choses sérieuses ?

– Laisse, t'inquiète, je reviens. Cent balles sur le grand Bayern, c'est une cote à 1.2, ça !

Lassana part dans un grand éclat de rire, masque noir sous le menton, et s'écarte du groupe avec nous. Il devient sombre, illico.

– On va au local.

C'est un peu l'appartement en coloc des jeunes du quartier. On y a passé des hivers à se protéger du froid, des étés à s'y abriter du soleil, canettes et Mister Freeze de la supérette du Chinois en main. Sessions de FIFA, révisions à l'arrache du brevet, kilos de clopes partis en fumée… Comme diraient les médias – toujours eux, avec leurs phrases pompeuses : « Ce local associatif, gracieusement octroyé par la mairie, est plein d'usages divers et variés » (ça je te le fais pas dire, encore plus depuis que les grands y entreposent leur bordel). C'est un petit appart de trente mètres carrés au rez-de-chaussée d'une tour. On marche quoi, deux minutes, pour arriver devant. Lassana, bien massif sous son manteau qui descend jusqu'aux chevilles, genre coach du dimanche, tourne la clé. Ça sent le tabac froid, la viande. Le sol est un lino moisi. Les murs étaient blancs (en 1980). Nous, on n'y crèche plus trop, ce qui n'empêche pas les souvenirs heureux de nous revenir en pleine face. On se zieute d'un air entendu avec Rachid. La piaule est à moitié vide : restes de chicha sur une table, PS4 et énorme télé HD dans le salon (c'est peut-être pas Versailles ici, mais ça se met bien). Dans la cuisine, Lass se met sur la pointe des pieds et soulève le faux plafond. On le regarde comme deux cons. Il en sort un calibre dont la crosse est recouverte de scotch marron, et une petite batte qui, apparemment, a déjà servi.

– Bon, le Djibril, là, vous le tapez bien fort. Pas sur la tête, hein. Le bide, les jambes, le dos, les mains, pas des organes vitaux, quoi. Vous le sonnez bien, mais rien de plus.

Il dit ça avec un calme parfait en joignant le geste à la parole. Je pense à Joe Pesci et son frère qui se font lyncher dans le champ, à la fin de *Casino*.

– Mais attends, Djibril, c'est le frère de Saïdou, non ? Son grand reuf, s'il sait ça, il va nous baiser !

– Tranquille, répond-il froidement. Pourquoi il saurait ? Et puis, Saïdou, il est cramé, il sert plus à rien. On est plus en 2010.

– Ouais, ouais, si tu le dis… Mais, pourquoi on doit faire ça ? Enfin, pourquoi nous ?

– Vous avez cru que vous aviez le choix ? On vous dit un truc, vous le faites, c'est tout. Restez à votre place.

Ses yeux font peur. Je ne veux surtout pas qu'il s'énerve. Rachid non plus.

– Et le calibre alors ? il s'interroge. Si c'est juste pour le sonner…

– Tu le mets sur son front, tu lui dis de plus jamais rafler un billet, sinon il y passe. Et s'il nie, tu peux tirer dans les jambes, dans les mollets, une ou deux fois. Vraiment s'il fait le narvalo.

« Tirer dans les jambes. » Ça me colle instantanément une grosse décharge électrique tout le long de la colonne vertébrale. Je flippe de plus en plus. Ça pue la merde. On se regarde avec Rachid : il est dans le même délire. Pire que tout à l'heure. Il demande, apeuré :

– Pourquoi c'est nous qui devons faire ça ? Vous pouvez pas missionner les p'tits ?

– J'ai pas été assez clair, Rachid ? Vous faites ça aujourd'hui. Le boug, là, il est à la Demi. Vous l'attrapez à dix-huit heures, vous l'emmenez dans les caves, vers la pharmacie. Si possible, pas devant les clients. Vous avez capté ? Je remets le Glock dans le plafond. Tenez, la clé pour le récupérer tout à l'heure. Allez. Bon courage, les gars.

Je prends la clé. Il se barre. On s'exécute lentement comme deux toutous et on part sans dire un mot. C'est comme ça tout le trajet jusqu'au four. Téma la journée de merde ! Temps à chier et maintenant ce truc-là. Ils nous prennent pour Ciro Di Marzio ou quoi ? Je suis un commercial (un bon, même), je fais mon biz tranquille. J'ai pas signé pour ça, moi.

Devant le bât Z, il y a deux types qui attendent, encadrés par des p'tits en scoot. On monte. Zak est en train de servir un vieux qui se barre, masque baissé, le sourire aux lèvres. Pour le produit ou une blague, va savoir.

– Vous reprenez ?

– Ouais mon reuf.

– Wesh, c'est quoi ces gueules de fous ?

– Rien, laisse tomber.

– J'me casse alors. Vous faites *dahak* avec vos grosses têtes, là !

– Azy. On se capte.

Je me rends compte que j'ai même pas enlevé la cagoule tout du long, à part deux secondes tout à l'heure.

Je digère pas. C'est la première fois qu'on me demande ça. Le bon point, c'est qu'on va se faire quelques billets supplémentaires. Et puis, le Djibril, c'est une petite frappe, de toute façon. Je le croise à l'occasion, deux secondes par-ci, deux secondes par-là.

Il a l'air tranquille, on risque rien. Je savais même pas qu'il tenait la sacoche. Je pensais qu'il était guetteur, au mieux. Il doit avoir deux, trois ans de moins que moi. Je me demande s'il est pas dans la classe d'Ahmad. Il devait être en sixième quand j'étais en troisième, un truc dans le genre. Il est très con de s'être embrouillé avec les grands, en tout cas. Je vais bien faire gaffe à pas faire la même erreur, vu ce qu'ils sont capables de faire en retour.

Son frère, Saïdou, c'est autre chose. Aujourd'hui, il est plus dans le coup. Avant par contre, il avait une réput'… C'était un gros caïd, à ce que disent les gens. Il était braqueur. Pas de banque : de maisons. Des *home jacking*. Il saucissonnait des gens chez eux et il retournait les baraques avec ses complices. C'était une grosse équipe qui a fait du bruit il y a une quinzaine d'années. Forcément, il a fini en taule… et là, il aurait déraillé à cause de l'héro. Il serait resté perché à cause d'une prise. Bam. Le cerveau touché pour de bon. Depuis, il paraît que c'est à peine s'il sait comment il s'appelle et qu'il fait vraiment pitié. Il a la quarantaine et vivrait dans un institut pour handicapés à la campagne. Voilà ce que je sais de lui. Pas mal de « on dit » au final, mais y a pas de fumée sans feu.

Rachid se vautre immédiatement dans son siège. Il s'arrache les gants et se met à se ronger les ongles en marmonnant. Il a plus trop la tête aux meufs, on dirait. Imagine un gars cagoulé dont on voit que la bouche et les yeux (sa cagoule a trois trous) qui se bouffe les doigts jusqu'au sang. Ce fou, il a plus d'ongles. Nada.

– *Wallah*, c'est chaud ! *Wallah*, c'est chaud ! S'il poucave, on est baisés, nous ! On le connaît à peine, laçui !

– On va voir ça après, on taffe, là !

Dès qu'un clin's monte, un chouf siffle une fois bien sèchement. On vient d'entendre le bruit, ce qui laisse quinze secondes pour être opé.

– Je vais rappeler Zak, c'est chaud, là !

– Arrête, Rachid ! Pas au bigo, en plus ! T'es malade, toi ! Et ferme-la, ça monte.

Il se roule un gros pétou pour calmer ses nerfs. Pour la réalisation de cette opération délicate, il retrouve sans peine son sang-froid. Il tremble pas d'un pouce. N'empêche, c'est moi qui fais tout, aujourd'hui.

Le client est balèse, genre rugbyman tahitien qui fait le haka. Il me regarde bizarrement. La cagoule, je pense.

– Salut.

– Salut.

– Je vais vous prendre 30 euros de la beuh la plus forte que vous avez.

– Ça marche, un 30 balles. On a une OG Kush patate en ce moment.

– J'espère qu'elle est bonne, hein ?!

– Pas de souci pour ça. Vous ressemblez de ouf à un joueur de rugby, genre All Blacks !

– Je suis Maori, ça colle.

– C'est quoi ça ?

– Un peuple de Polynésie.

– C'est rare, par ici !

– Pas faux ! Allez, bonne journée les jeunes, merci.

– Salut.

Coup d'œil à Rachid : toujours scotché et dans le mal. Coup d'œil à mon Galaxy : 14 h 37.

Une mère de famille pour dix grammes de verte.

Dans trois heures vingt, on change de boulot.

3
La symphonie du bitume

15 h 15. Une goutte d'eau s'écrase directement du plafond sur mon œil. Ça se réchauffe pas. Moha passe sur son deux temps, en bas de la tour, crinière au vent. Je le vois par la petite fenêtre de l'escalier qui donne sur l'arrière du bâtiment. Moha, le Mozart du tiekson. Il a commencé sur une Piwi au CP et depuis il a jamais lâché la bécane. À peine sorti de la salle de classe, VRAOUM ! il enfourchait son engin et on savait jamais quand il en redescendrait. Tout le monde se plaint du bruit, n'empêche, c'est une sorte de mascotte, le Moha. Lui et sa chevelure légendaire.

« Ah, voilà Mohamed qui est réveillé. »

« Ah, le petit Momo fait son tour du matin. »

« Ah, Moha s'est encore mangé un terre-plein. »

Toujours un truc à dire sur notre chevalier motard.

Les gens en ont ras le cul des bruits de cross toute la journée, des gars qui slalomet entre les gosses, de toutes ces conneries. Ma tante la première. Elle a déjà appelé le 17 parce qu'elle arrivait pas à dormir et qu'elle embauchait à 7 heures le lendemain. Je comprends. Après, les gars qui surkiffent la moto te diront que ça fait partie du truc, le risque, le côté marginal, hors-la-loi, genre Indiens des temps modernes. J'ai écouté un podcast qui disait exactement ça. Deux bougs de Sevran qui parlaient de leur passion pour les « rodéos urbains ». Un des gars disait qu'il voudrait bien un terrain vague aménagé pour plus emmerder les honnêtes gens, mais crois-moi, c'est pas l'avis dominant. Enfin, c'est mon ressenti. C'est comme les p'tits avec leurs vélos, dans toutes les villes de France, qui tapent des roues arrière sur des kilomètres en zigzaguant entre les bus et les vieilles accrochées à leur sac à main : les gars, tu les mets sur une avenue vide, c'est plus le même plaisir.

Une fois, Moha (pour te dire que c'est un passionné) était avec Dylan sur la bécane, et ils se sont fait courser par une bagnole de keufs, à la limite du quartier. Jusque-là, rien d'incroyable, me diras-tu. Sauf que les condés les ont pas lâchés d'une semelle, avec des renforts et toute la cavalerie. Moha, il s'est pas défilé : il a pris les petits chemins, les terrains vagues, les parkings… Un vrai Lewis Hamilton. Ça a pas suffi. Les porcs les ont percutés par l'arrière à 70 km/h. Ils ont arraché le bitume bien comme il faut. Dylan s'est pété les deux jambes et les deux bras, t'imagines ? Une momie. Ça aurait pu être fauteuil roulant à vie. Moha, il a été plus chanceux. « Un miraculé », ont dit les médecins. Il en a juste gardé comme un boitillement à la Keyser Söze. Cela dit, ça l'a pas empêché de continuer à saigner les KX, les YZ, les deux et quatre temps. Il en a cramé un paquet quand elles étaient pas saisies par les flics (paraît qu'ils ont un stock de fou au comico).

Moha, c'est une moto humaine. Pas grand-chose à rajouter. Il se nourrit de pétrole et de bavette frottée sur le bitume. Au-delà de ça, c'est un débrouillard, toujours en quête d'un job pour être actif. Grande famille chez lui : neuf frères et sœurs. Ils sont onze à la maison, soit une équipe de foot complète, du gardien au buteur. Lui, ce serait le numéro 6, le bosseur, le besogneux. Quand il délaissera vraiment sa bécane, si ce jour arrive, il fera un malheur vu sa capacité de travail. Tu lui coupes les cheveux, tu le mets vendeur en assurances, il double le chiffre d'affaires de la boîte. C'est un persuasif, un malin. Au chômedu actuellement. Saisissez l'opportunité.

L'équipe type, la famille, les vrais, c'est Rachid, Zak, Moha, Aliou, Dylan et moi. Le reste, c'est des connaissances, à des degrés différents (même si c'est des gars que j'adore) : Boucif, Marwan, Yassine, Demba, Mamad et plein d'autres… Mais nous six, ça remonte à l'école maternelle. Ça crée des liens presque indestructibles.

Ce qui nous a unis, c'est une barre de rire en CE1. On faisait une chorale avec notre prof. Imagine-toi une salle de sport avec des miroirs partout, des tapis de gym sur les côtés, étouffante. Trois rangs de mioches. Le hasard fait qu'on était tous les six les uns à côté des autres. On se connaissait déjà, on s'appréciait je crois, mais on était pas encore des frères. L'instit fredonne un truc du genre : « Mamemimomouménimamou », histoire de chauffer nos voix. Zak éclate de rire.

– Aliou, tu arrêtes, s'il te plaît !

– Maîtresse, je te jure que c'est pas moi ! Je jure !

– Maîtresse, vraiment c'est pas Aliou, promis ! ajoute Moha.

Et moi qui veut absolument mettre mon grain de sel.

– Oui, c'est pas lui !

– On reprend, alors !

La prof, elle avait une grosse veine qui palpitait sur sa tempe, ce qui signifiait qu'elle était pas contente du tout et qu'il fallait vraiment se tenir à carreau. À peine elle avait ouvert la bouche à nouveau que c'était au tour de Dylan d'exploser de rire.

– Bon, très bien : tous les six, au coin, un tapis chacun, et que je ne vous entende plus !

On a obéi en se tenant les côtes. Je crois que c'est à partir de cette punition que le lien s'est créé et qu'il s'est renforcé jusqu'à aujourd'hui.

Je pourrais mourir pour mes *shabs*. Sans déconner. Le seul truc qui nous sépare, juste un peu, c'est le charbon. Rachton, Zak et moi d'un côté, Aliou, Moha et Dylan de l'autre.

Dylan, c'est le « babtou ». Le français, le bon vieux Gaulois pure souche, 100 % *halouf.* T'en fais pas pour lui. Minoritaire, ouais. Pour autant, c'est pas le genre à se faire marcher sur les pieds ni à nous imiter pour faire partie du groupe. C'est pas le type de blanc à s'inventer des origines italiennes ou portugaises, un grand-père algérien ou quoi que ce soit, encore moins à se convertir. Fier de ses racines, comme nous, et c'est ce qu'on aime. Une sorte de Papacito de cité. Je sais pas si ça fait de nous un quartier à part. En tout cas, on kiffe les gens vrais, pas ceux qui se travestissent. On collerait bien avec un slogan bidon, du genre « L'unité dans la diversité ».

Attention, ça veut pas dire que je suis pas fier quand un frère se convertit à l'Islam ; *mashallah*, je suis le plus heureux des hommes. Si c'est sincère. Parce qu'on les voit, les bougs qui le font pour serrer une sœur voilée ou toucher la plaquette moins chère. Et ça, c'est cheum.

Dylan donc, catholique, bouffeur de porc et partie intégrante de notre team. Il a une passion : c'est la bouffe. Il a même quitté l'école après le collège pour un CAP pâtisserie. Il te fait des dingueries culinaires :

Paris-Brest à la sauce Dylan, avec un max de crème, financier fruits rouges hallucinant, fondant à tomber par terre. À la Grande-Motte, il nous a régalés. Pour le moment, il est employé dans une petite boulangerie en ville, mais un jour pas si lointain, crois-moi, il aura sa propre affaire et on sera les premiers à faire du boucan pour promouvoir son business.

Histoire de finir le topo, il y a Aliou qui…

– Salut.

Attends, une cliente. Hé mais je la connais, elle. Sandra, je crois. Elle est du lycée. Ça me fait un truc. Sarouel kaki, veste ample, grosse écharpe, masque du genre fait à la main. Un look bien détente, limite hippie.

– Un 20 de beuh, si possible, de la White Russian.

– Tout à fait possible, Sandra. C'est bien ça, hein ?

– Quoi ? Euh, ouais… Comment tu… ?

– Le lycée.

– Mais attends, t'es qui ? On se connaît ?

– Je peux pas te dire, tu vois pourquoi. (L'anonymat de la cagoule, ça peut te faire rater un coup avec une fille, et ça, Rachid, ça le rend fou. Mais, comme il le dit lui-même, « les thunes avant les meufs » ou, quand il est dans son délire ricain : *business before pleasure, bro*). On s'est jamais parlé, je crois. Je connais juste des copines à toi. Kawthar, Ibtissem, Laura, tout ça.

– C'est flippant, un peu !

– Désolé. Tu deviens quoi ?

– Je fais une licence de socio. À Nanterre.

– C'est bien ?

– Ouais. Franchement, ouais. On a évité les cours à distance, mais c'est pas la folie avec les masques et tout le bazar. On s'adapte ! Elle est bonne ?

– T'inquiète pas. Bon courage pour la fac.

– Merci. Salut !

Typiquement le genre de rencontre bien chelou quand tu travailles dans le milieu. On se croisait dans la cour il y a quelques mois, entre SVT et anglais, et maintenant, on se croise dans le bât pour une transac. Pas vraiment les retrouvailles rêvées. Je me rappelle, finalement, lui avoir tapé la discute en fumant une clope pendant une pause. On avait parlé de tout et de rien. Des élections et des NRJ Music Awards. Elle m'avait fait bonne impression. Et il faut bien avouer qu'elle est pas dégueulasse, si on met de côté ses fringues rincées.

Où j'en étais ? Ah oui. Aliou, la forte tête. Il s'est barré de l'école à seize ans. Pas un jour de plus. Son truc, c'est le ballon. L'arrêter. Il est gardien en U19 au Paris FC. Vraiment bon, style Édouard Mendy. Il est grand, près de deux mètres, du coup il prend tout dans les airs. Il en impose. Son petit défaut : avoir du mal à mettre sa carcasse au sol. Il bosse de fou avec son coach pour s'améliorer et, *inchallah,* il sera le futur goal du PSG et de l'équipe de France. Si ça marche pas pour lui… Y a pas le choix, en fait, il a tout misé là-dessus. Quitte ou double.

Son père fait le meilleur thiéboudienne du quartier. Du département même. C'est un plaisir incroyable à chaque fois que j'ai la chance d'en manger chez eux. Un honneur. Je crois bien que c'est mon plat préféré. Une folie. Il est un tout petit peu moins bon depuis que sa mère le fait. Eh ouais : le cuisinier est de retour au trou. Il a pris quatre ans pour trafic et il a rencontré des gros voyous à l'ombre. Du coup, il est parti dans des histoires de braquage une fois sorti : des cambus, des dabistes. Au final, il a quarante ans et il a dû passer facilement un tiers de sa vie en taule. Il manque à tout le monde.

Bref, Aliou, faut pas le faire chier. Il a déjà marbré plusieurs joueurs adverses et il a été suspendu un mois, l'année dernière, pour ses pétages de plomb. Une fois, à Bastille, il a éclaté une bouteille de sky vide sur la tête d'un gros Latino. Il a tranché l'oreille du gars, comme ça, à la Mike Tyson. Au collège, quand y avait *haja*, si Aliou était dans ton camp, t'étais quasiment sûr de gagner la bagarre. Depuis, on le surnomme Vegeta.

15 h 20. Je viens de visser un gars bizarre, genre gitan ou qui veut l'être. Moha a disparu de mon radar. Je jette un regard plus loin. Le City, c'est un peu le cœur du quartier. Vivier de talents et de genoux en sang. Le foot, c'est ma vie, en partie. Ouais, ma vie, notre vie. On en parle H24, quand on y joue pas avec un ballon ou sur console.

Je suis tombé dedans comme Obélix dans la potion magique. Le chaudron ? L'Euro 2008. Ça passait à la télé. Coup de foudre. Pourtant, mon père est pas fan, il regarde juste les matchs importants. En bon banlieusard, je supporte le PSG, forcément. Je comprends pas ceux qui préfèrent le Real ou la Juve. Ces abrutis sont même pas capables de placer Madrid et Turin sur une carte, ils connaissent à peine l'histoire du club, et pourtant, ils jurent que par ça. Je sais pas, un club, faut de l'attachement, non ? Genre être né sur place, que ton grand-père t'ait emmené gamin au stade, un truc qui vient des tripes. Nan, j'ai même pas d'autre club préféré. Paname et basta.

Niveau ballon, on est gâtés avec les Qataris. Pourtant, je regrette de pas avoir connu les années 1990 – ou début 2000, dont causent les anciens au quartier. Nacer, Kader, Charly, ils étaient aux Supras, un groupe ultra du virage Auteuil, à l'époque où le Parc était chaud bouillant. Je te jure, ils en parlent avec des étoiles dans les yeux. L'ambiance, les soirs de match, la préparation des tifos, les déplacements dans le trou de balle de la France, à Châteauroux ou à Metz, ceux en Europe, les joueurs de l'époque genre Rai, Okocha, Ronaldinho, les bastons avec Boulogne… Des fois, le samedi soir, tu les vois devant le match, ils en parlent entre eux, un verre de vodka chargé dans la main, et tu crois limite qu'ils vont pleurer, les gars. Franchement, ça donne des frissons.

Ça m'empêche pas de vibrer. Nous, notre histoire, c'est la remontada, les désillusions en Ligue des champions, mais aussi les titres en pagaille, Zlatan, Mbappé, du lourd quand même. J'ai chialé après l'élimination contre Manchester, alors que j'avais pas versé une larme pour mon cousin Hakim du bled. Le ballon rond, c'est sérieux, c'est sacré. *Wallah* cette année, elle est pour nous, la coupe aux grandes oreilles. Messi, t'as intérêt à te bouger.

Je repense encore à Rashford quand je vois Rachid servir une nana type prof d'arts plastiques, bien perchée.

– Tu lui as même pas fait ton numéro de charme ! Tu penses à ce soir ou quoi, le séducteur ?

– À mort, je suis pas bien, mec.

– T'en fais pas pour tout à l'heure, tout va aller nickel. On le connaît à peine, le boug. C'est comme s'il existait pas. Aucun sentiment.

– Ouais, ben j'aimerais bien être là demain pour le clip, moi.

– De qui ?

– De la DMZ, gros ! T'es perché, toi !

– Ah ouais, c'est vrai ! 100 % sûr, frère. Ils veulent tourner où ?

– En bas du bât 6, j'crois. Il faut qu'il y ait tout le monde, tous les p'tits, nous, les grands, faut représenter le quartier à mort, péter le million !

– Minimum, ouais. Après, c'est vite fait le son, je trouve.

– J'aime bien, moi. On verra bien… Je veux pas que ça nous crée des histoires. S'occuper de quelqu'un sous potion, c'est pas un souci, mais bien sobre, bien frais comme on est là, c'est une autre affaire ! Viens, on dit aux p'tits de le faire ?!

– T'es fou ou quoi ? Si on nous a missionnés, c'est comme ça ! Tu cherches la merde, poto !

Il se barre fissa. Pour gerber ? Possible. Il est pas dans son assiette et je me retrouve tout seul dans l'escalier.

Normalement, on fonctionne toujours en binôme avec un mec outillé pour assurer tes arrières. Là, je suis solo. Pas le top.

Moto, foot, rap… c'est un peu la triplette des passions des gars du quartier. Je te dis pas qu'il y en a pas qui aiment les échecs, le rugby et la musique classique mais, à un moment, faut bien faire des généralités. On pourrait rajouter la console, aussi. Le rap, comme le foot, c'est un peu le Graal pour un mec de ma génération. Soit tu perces dans le charbon, soit tu deviens footballeur pro, soit tu te fais remarquer dans le son. C'est la réalité : en 2021, tu demandes à des types de douze à dix-huit piges ce qu'ils veulent faire dans l'idéal, il y en a un paquet qui répondront ça. Aujourd'hui, niveau rap, on est passé brutalement à la drill. Les tipeu essayent de se mettre à la page pour pas rester coincés dans la trap qui a dominé les années récentes. J'en connais qui se butent aux sons anglais, la terre sainte, pour bien saisir le flow des uns et des autres, et essayer de reproduire ça sans trop copier. Bon courage à eux. Faut être réalistes : combien de Pogba, de Jul ou d'Escobar au quartier ? 2 %, si on veut être optimistes.

15 h 45. Les transactions succèdent aux transactions. Billet contre stup, stup contre billet. Une vraie boulangerie. Pains au chocolat et croissants qui sortent tout chauds du four, direction le cabas du client contre quelques euros.

Rachid est revenu. Le petit frère de Karim – un bon pote de Moha qui a des vues sur la sœur de Dylan – rapporte du produit et prend les sous. Une tête enfantine. Rien à faire là, ce gamin. Les microbes, on les appelle quand on a plus rien à vendre et qu'on est à 1000 euros. Ils nous déchargent et nous rechargent comme ça, plusieurs fois dans la journée. Je te donne une info : le fric quitte la cité dans la journée où il y a été dépensé. Un poste est spécialement dévolu à cette tâche, histoire de ne pas laisser de traces.

Si je me fais péter, y aura pas grand-chose de sérieux à me reprocher. Je suis toujours soulagé d'y penser. Ce qui est con, parce que si les biftons sont partis, j'ai un paquet de matos sur moi et j'aurais du mal à faire passer ça pour ma conso personnelle.

Je fume un peu, vite fait, pour passer le temps. Les journées filent plus vite. On s'emmerde sévère, parfois, même en bossant. J'en allume un petit, tiens. Comme tout le monde, j'ai tiré ma première taffe à l'époque du collège. J'ai pris une claque, j'ai vomi, même. Ensuite, c'est devenu régulier, sachant que c'est pas la matière première qui manque et que beaucoup de mes potes y touchent. Faudra arrêter un jour : déjà, ça revient cher, et puis tu deviens accro, mine de rien. Allez, je me pose deux minutes, je laisse Rachid vendre et je vous raconte la première taffe, en speed.

On avait roulé un zdeh catastrophique, avec Zak et Rachid, sur un bout de shit qu'on avait pété au grand frère de Zak. On s'était cachés dans un hall, c'était l'été, il faisait bien chaud, le jour de la Fête de la musique. On a fait tourner le truc comme une pierre précieuse et on a tous toussé comme des cancéreux. Au début, je me sentais bien. On s'est marrés comme il faut, Zak imitait les grands avec son talent habituel, on s'est séparés, je suis rentré chez moi tranquille. À l'appart, j'ai commencé à avoir une suée, des nausées, les jambes coupées, les symptômes d'un *bad trip* qui arrivait en livraison Prime d'Amazon. Vu la canicule, j'ai prétexté une douche et je me suis enfermé dans la salle de bains. J'ai même pas enlevé mes sapes, je me suis foutu sous l'eau, habillé. Eh ben, je me suis carrément endormi sous la flotte, dans ma gerbe, allongé dans la baignoire ! Ça a duré… je sais pas, justement. Je me rappelle juste d'avoir vu mes sœurs débarquer et tirer une tête pas possible. Elles étaient catastrophées.

– Mais qu'est-ce que tu fous ? T'as la gastro ?

– Mais c'est dégueu, t'en as plein les sapes, t'es fou ou quoi ?

Rania me relève, me met deux claques, pendant que Lina enlève mes fringues trempées. Je me retrouve en caleçon, Rania me tend un ensemble propre et un grand verre d'eau.

– Merci, j'ai dû manger un truc qui m'a pas réussi.

Elles m'ont mis au lit et j'en ai pas décollé de la soirée, prétendant avoir trop mangé, une douille dans le genre. Avant que la nuit tombe, elles m'ont pris entre quatre-z-yeux.

– Tu puais le shit. Fais gaffe avec ça. C'est la première et dernière fois qu'on te couvre. Bonne nuit.

Avec Rania et Lina à la casa, je tiendrais pas bien longtemps dans mes mensonges actuels. Elles sentent les choses comme si elles m'avaient fait. Depuis le bac l'été dernier, tout le monde sait que je traîne, mais personne capte comment j'occupe mes journées, je le crie pas sur tous les toits. Malgré ça, quand elles viennent manger, mon avenir revient systématiquement sur la table et l'étau se resserre. Elles me regardent de leurs yeux transperçants et ça me fout les boules.

Bref, voilà pour le premier pilon. Pas ultra glorieux. Depuis ce jour, y en a eu quelques centaines d'autres. Mon corps a bien apprivoisé le produit. Le stick que je viens de fumer me pose bien. Les clients, Djibril, Saïdou, mes sœurs, Leïla, mon esprit vagabonde. Je me sens léger de partout, hormis mon cerveau en ébullition.

J'ai deux téléphones sur moi : un pour le charbon, un perso. Celui du taf sert peu – uniquement en cas d'urgence. Sur l'autre, je viens de recevoir un message de MA meuf sur Insta. Pile quand je pensais à elle. « On se voit quand ? » Pas le temps de gamberger, voilà un habitué dont je connais pas le nom, qui a l'air complètement paro à chaque fois. Un blanc toujours habillé pareil, veste Adidas à capuche, jean bleu clair, paire de Huarache, le tout accompagné d'un accent de campagnard bien costaud. On se regarde avec Rachid. On se comprend. Rien qu'à ses yeux, je sais ce qu'il pense et qu'il se retient de pas se marrer. Mon gars sûr, je vous dis.

– Y o du bon shit ?

Je te jure, il parle comme ça.

– Est-ce que t'as déjà été déçu du voyage ?

– Bo la dernière fouo justement, je sais pas si c'était mouo ou quouo, mais c'est po super bien passé... C'était un autre go qui m'o servi, avec une cagoule rouge.

– Ah merde ! Ben c'était toi, mon gava, désolé de te l'annoncer !

– Bo, ben, j'vais retenter alors, heinnn. Un 20. Du marron.

– Tiens, je te donne un gros pour te consoler. Hé, je me demande, à chaque fois que tu passes, d'où ça vient ton accent là. Belgique ? La montagne ? Où ça ?

Ça a le don de lui faire oublier sa mauvaise expérience récente et de le détendre un peu (faut que le iencli revienne avec la confiance, alors on le soigne, on le bichonne, on fait genre qu'on s'intéresse à lui : bref, c'est le b.a.-ba du commercial, t'as capté). Il sourit de toutes ses dents jaunes et noires, en mode Borussia Dortmund. Putain, lave-les, mec.

– J'tais dans le Nord quand j'étais tchiot. Lens, tu connais ?

– De nom, quoi, Félix Bollaert, les Sang et Or, le foot !

Il m'éblouit encore un coup de ses chicots pourris. Mets ton masque, enfoiré.

– Exoct, ben j'viens de lo quouo. Mes grands-parints étaient mineurs. Les mines, elles ont fermé et on est v'nus par lo quouo.

– OK, ben on en parlera une autre fois alors mon vieux, je dois bosser là.

– OK, c'est cool. À bétôt !

On dit beaucoup de choses sur les Arabes. Les blancs cassos sont pas mal dans leur genre aussi. Tiens, ça siffle en bas. Dans la foulée, une daronne que je vois souvent, elle aussi. Toujours 10 euros de weed, tu vas voir. Polie, éduquée, l'inverse du nordiste. Sympa, le Lensois, hein, mais quart monde, quoi.

– Bonjour, 10 euros d'herbe, s'il vous plaît.

Qui utilise encore le mot « herbe » en 2021 ? Elle. Hyper correcte, bien coiffée, avec de gros cernes : ça sent la mère célibataire qui a du mal à joindre les deux bouts et qui s'offre un petit réconfort avec son cône du soir. Elle doit se faire accoster sur le chemin par les dalleux du quartier. Ils ont pas intégré #MeToo, ces crevards !

Depuis quelques semaines, elle a l'air au bout du rouleau tout en maintenant les apparences. C'est quoi ses problèmes ? Un licenciement ? Un parent mort du Covid ? Un avis d'expulsion ? Un enfant handicapé ? Je sais pas. On en a parlé avec Rachid, il a pas de certitude non plus. Je pressens un truc sérieux, très sérieux. Je me la joue sociologue à fond. On voit tellement de gens différents qu'on a envie (enfin moi, j'en ai envie) de s'imaginer ce qu'ils foutent de leurs journées et de leurs nuits quand ils nous le disent pas.

– Avec plaisir, madame.

– Merci, au revoir.

– Au revoir, madame.

Je lui dis ça, et peut-être qu'elle va avaler des cachetons ce soir et jamais se réveiller.

Tu sais quoi ? Ça me ferait chier, un peu.

4
États d'âme

16 h 01. Rachid ressort. J'ai soif. Le mini Karim me dégotte un Coca en deux minutes chrono. C'est AliExpress, ce môme. Limite il me vouvoie.

Je me rappelle que M. Bertin, notre prof d'histoire, nous avait fait des cours sur le Moyen Âge. Il nous avait expliqué la féodalité ; il avait insisté sur la complexité du concept, mais moi, j'avais pigé le truc immédiatement, le fonctionnement du système : les vassaux, l'adoubement, tout ça. Le quartier, c'est notre fief. La tour, c'est le donjon. Il y a un seigneur, des vassaux, des serfs, plus t'es en bas de l'échelle et plus tu dois rendre des comptes.

L'État nous a donné ce territoire, on en fait ce qu'on veut. On aime notre terre tout en voulant la quitter. On la fait fructifier. C'est notre royaume. On y est attachés, malgré tous les problèmes de la vie quotidienne. Difficile à comprendre de l'extérieur : on dénonce la pourriture des bâtiments, le manque de transports, de taf… et pourtant, on en est les premiers défenseurs.

« Ici c'est la misère, on est exclus, nananinanana. »

Le même, deux minutes plus tard :

« Tu touches au quartier, on te monte en l'air ! »

Va comprendre. Avec un peu de recul, tu remarques vite que c'est la même chose partout, je te l'ai déjà dit, je crois : Mirail, Hautepierre, Canibouts, Grande Borne… Des blocs de béton qui changent juste par leurs formes, mais les mêmes habitants (immigrés en nette majorité), les mêmes galères, les mêmes plaisirs. La même loyauté au terrain.

Qu'est-ce qu'il a de spécial, mon quartier ? Rien. À part que c'est le MIEN. Le NÔTRE. En périphérie d'une ville moyenne de la banlieue nord de Paris, construit dans les années 1960, d'abord habité par des blancs des classes moyennes, ensuite par des blancs de plus en plus pauvres, notamment italiens, portugais, polonais d'origine. Depuis les années 1970, c'est des gens de chez moi qui ont pris le relais, du Maghreb, et maintenant beaucoup d'Afrique noire aussi : Sénégal, Mali, Congo. C'est vrai qu'il y a parfois des tensions entre tous les groupes ethniques et culturels qui composent le quartier, mais franchement, on est plus soudés qu'autre chose.

Neuf tours, cinq grosses barres, le City, le grec, la pharmacie, le bar PMU, les allées de pelouse, les caves, l'arrêt de bus. Une cité comme une autre.

La fierté de beaucoup de gens, c'est la mosquée. Dieu sait qu'on en avait besoin, entre l'ancienne qui était faite de bric et de broc et les frères et sœurs qui priaient dans les parkings souterrains ou les apparts… Je t'arrête de suite : pas de financement saoudien, que des dons de fidèles. Une belle salle de prière peinte dans les tons blanc et or, un superbe lustre, de magnifiques tapis. On se sent bien de se tenir là, je sais pas, on est en paix immédiatement : c'est important, le décor, mine de rien. J'y vais le vendredi. L'imam est « modéré », comme dirait CNEWS, ce qui pour eux veut dire :

pas islamiste. Je sais, je reviens souvent sur les médias, mais ça me bute, leurs conneries. Donc, un imam marocain, malikite, l'Islam du Maghreb, tranquille, posé, bien loin de toutes les saloperies qui se font parfois au nom d'Allah.

Après, c'est vrai que certains se tendent. Depuis des années, il y a un groupe de salafistes qui essayent d'embrigader les jeunes. Deux, trois se sont fait serrer après 2015. Moha y a pas été insensible à un moment. Avec les gars, on a pas lâché l'affaire pour le ramener dans le droit chemin. Moi-même, parfois, ça me rend fou, tous ces cinglés qui parlent en notre nom et tous ces gens qui attendent le moindre événement pour dénigrer la communauté. On est six millions en France ! Dès qu'un fou fait une connerie, ça nous retombe dessus. Je comprends que tu puisses avoir la haine.

Si je te parle religion, je suis obligé de te parler du ramadan. (Déjà parce que, si t'es un bon Français, y a des chances que ce soit le seul truc que tu connaisses.) C'est un de mes moments préférés dans l'année. Pour l'ambiance, surtout l'été, le soir, à la cité ; pour la famille, réunie, heureuse et soudée ; pour la bouffe ; pour l'Aïd, où tout le monde se met sur son trente-et-un. Les femmes portent des robes du pays, colorées. Nous, les hommes, on enfile nos plus belles djellabas. C'est une pause dans l'année: trois jours de fête, tout le monde qui met la main à la pâte en cuisine, les repas avec la famille, les voisins, les amis. Mon père aide à l'abattoir qui gère les bêtes et nous réserve toujours des pièces de choix. On n'est clairement pas les plus à plaindre.

Mais on peut faire tous les efforts qu'on veut, c'est toujours les Comoriens qui remportent la palme avec leurs tenues de folie.

Je sais pas comment je vais évoluer au niveau de ma foi. Rachid, Zak et moi, on est pas des modèles de vertu. Je fais la *salat*, je donne au clochard devant Leclerc quand il me reste un peu de biff, je suis quelqu'un de bien, je veux le meilleur pour ma famille et les autres. Mais dans le même temps, je vends des trucs qui peuvent pourrir la vie. Je suis dans le *haram*, je le sais. Il faudra que je fasse pénitence pour tout ça.

Je sais qu'à cause du charbon, je suis dans l'entre deux et, déjà, ça me ronge. J'ai que dix-huit piges, mais je cogite. On m'a toujours dit que j'étais mature pour mon âge, c'est ce qui a plu à Leïla. Est-ce qu'elle dirait la même chose en sachant ce que je fais ? Est-ce qu'elle resterait avec moi ? Je vaux mieux que ça, vraiment…

Ça devait être plus facile à l'époque du prophète, ou même il y a un siècle, d'être dans le droit chemin que nous trace notre Seigneur. Il y avait moins de tentations, la société était différente. On avait un rapport plus direct aux choses. Je préférerais être au bled, des fois. Berger dans la montagne, loin de toutes les merdes de 2021.

Rachid est de retour. Toujours une gueule pas possible.

– T'étais où ? Me laisse pas solo comme ça !

– J'avais besoin d'aller dehors un peu, de penser à cette histoire de Djibril là, ça me casse les couilles, ce truc.

– Deux fois que tu te barres, wesh ! À croire que t'as jamais fait un tête-à-tête de ta vie !

– C'est pas ça, bouffon ! C'est que c'est pas notre rôle de faire ça, c'est tout ! Il va se retourner contre qui après, lui ? Contre nous ! Et son grand reuf? Tout le monde sait qu'il a buté un gars pour une histoire de mauvais regard à l'ancienne ! Pour un *regard*, gros !

– C'est du bluff, ça. Saïdou, il est rincé, frère. Djibril, il va se retourner contre personne, ouais ! On sera cagoulés, ça pourrait être Macron et Raoult que ce serait pareil.

– Ouais, ouais. Je sais pas. Je le sens pas.

– Prends ma place, ça va te changer les idées. T'en fous pas une depuis tout à l'heure, laisse-moi me reposer vite fait.

16 h 15. Je me cale dans la chaise. Je scrute Rachid en train de servir deux gros de quarante piges, très bien sapés, vestes en daim et tout l'attirail. Ils demandent si on prend la carte bleue. Au début, ça me faisait marrer. Mais en fait, on nous le demande assez souvent, faudrait s'y mettre. Pas sûr que les grands acceptent d'être tracés comme ça, mais niveau covid et rapidité, ce serait top.

La nuit arrive, déjà. La pluie redouble de force. Les carreaux sont laminés par ce qui ressemble à des grêlons. Moha a dû s'abriter. Je supporte pas ce temps. J'ai la peau sèche, ça me tire de partout. Comme dirait ma mère : « Dans ces moments-là, faut penser au soleil. » Alors j'y pense. Les vacances, l'été. Les frères. Leïla.

L'année prochaine, ce sera Dubaï, *inchallah*. Le nouvel eldorado des quartiers. Que du halal, des hôtels de fou, des piscines encore mieux, le plein à cinquante balles, des musulmans qui réussissent et, surtout, zéro pandémie. Je suis comme tout le monde, ça me fatigue, cette affaire.

J'espère que Leïla fera pas d'histoires. Ça lui a pas trop plu, ce petit séjour estival « entre couilles » (c'est elle qui dit ça ; elle me fait rire, je te jure). Mais bon, pas le choix. Jamais je délaisserai mes potes pour une fille, même si c'est la femme de ma vie. Trop de gars de mon âge oublient leurs amis et le quartier dès qu'ils arrivent à mettre le grappin sur la première tchoin venue. Faut pas se mentir : de la tise, des meufs, la plage, c'est ça qu'on veut à notre âge ! Je sais que c'est con de vendre du pilon toute la journée, pendant les mois d'hiver, pour tout foutre dans des bagnoles louées et des bouteilles de vodka… Mais si on le fait pas maintenant, on le fera jamais.

Le bon délire, c'est de couper la poire en deux : Dubaï avec les potes, et genre la Corse avec Leïla. Ou Bali. Elle m'a parlé de Bali. Des hôtels de luxe en pleine nature, des paysages de fou, des cours de yoga. J'ai pas tout suivi. Elle a dû voir ça sur Insta ou TikTok.

Ouais, Bali avec elle, ce serait frais. Je vais regarder les prix cette nuit, après la session. Ça me fait sourire. Si je réserve quelque chose par surprise, elle sera refaite.

5
Réminiscences

16h20. Je crois que mon stick me fait cogiter de fou. Je pense qu'à ma vie, et pas au taf. Ça fait une plombe que je phase sur mon téléphone, une photo de Leïla et moi en fond d'écran. Elle date de l'été dernier. Je suis complètement foncedé.

Du coup, Rachton le tombeur se marre. Ça fait du bien.

– Réveille-toi ! T'es *khabat* comme jamais, toi ! Tu vas faire peur aux bolosses avec tes yeux, là !

– Ah, tu vas mieux toi ! T'inquiète, gros, je réfléchis. Tu crois que les gars vont nous bailler, à force, avec le charbon ? C'est pas leur délire.

– Ouais, tu réfléchis trop, comme d'hab. Philosophe !

– Nan, mais vraiment, t'en dis quoi ?

– J'en sais rien, moi ! Pourquoi tu penses à ça ? On a pas assez de problèmes aujourd'hui, genre Djibril ? Tu veux que je remette ça sur le tapis !?

– Nan vas-y, laisse tomber.

Je retourne à mes rêveries pendant que Rachton sert un grand à moustaches. Il pue la sueur acide, cet enfoiré. Celle qui pique, qui traverse tous les filaments de ma cagoule humide. Lave-toi, par pitié. Putain.

« Philosophe. » C'est un surnom qu'on me donne de temps en temps. Rapport à ma scolarité et mes délires, mes réflexions. J'ai kiffé l'école, moi. Ça t'étonne ?

Le primaire, c'est un peu l'âge d'or. Les potes, les premiers amours, les classes découvertes. Que du plaisir. Tu vas là-bas pour jouer, apprendre des choses, en mode détente, tu te soucies de rien, tu mets deux pulls pour faire les poteaux, tu commences à imiter les plus grands qui…

– Allô, t'es là ou tu dors, wesh ?

– Hein ? Je suis là, y a quoi ?

– C'est la même Amné que la semaine dernière ou pas ?

Je vois un petit iencli, genre gothique, qui attend comme un con. Je l'avais même pas remarqué.

– Euh ouais, p'têt' un peu plus forte, mais quasi, ouais.

J'ai un souvenir hyper précis d'une classe verte en Bourgogne. On avait fait du cheval, des randonnées dans les champs, on avait cuisiné les produits qu'on avait ramassés. Je me souviens qu'on était tous autour d'une grande table avec Rachid, Zakaria, Mohamed, Aliou et Dylan, toute l'équipe, quoi, et on riait pour une histoire de gosses : Aliou était tombé à cause d'une branche. Je revois nos visages et je me dis que c'est ce qui se rapproche le plus du bonheur. Ce qui veut pas dire que t'es pas heureux quand tu grandis, mais c'est toi qui t'en donnes les moyens. En CM1, c'était du pur, du brut, du vrai.

Le collège, c'est un autre délire. Là, tu te transformes, tu deviens sacrément con. En sixième, j'étais encore le petit qui s'émerveille de tout, d'avoir dix profs différents, une nouvelle école, des grands qui se travaillent dans les couloirs et à la récré, qui te mettent des gifles si tu les regardes avec trop d'insistance, des frères et sœurs des uns et des autres. C'était impressionnant. Après, avec des gars comme Dylan ou Aliou, les têtes cramées, ça a vite changé ; je peux t'assurer que dès la deuxième semaine, ils en avaient rien à péter de la figure d'autorité du prof, de la CPE ou du principal. Je sais pas si c'est la seule raison, mais les deux ont grandi qu'avec leur mère ou presque. Le père d'Aliou (le cuistot de thiep) est au *habs* quatre ans sur cinq et celui de Dylan s'est barré quand il avait deux ans. Résultat des courses : pas de daron au quotidien (ou un beau-père relou qui change tous les trois ans)… et je crois que c'est important pour cadrer les gars. Eux, ils regardaient les profs droit dans les yeux et ils fermaient pas leur bouche, quoi qu'il se passe. Nous, les rebeus du groupe, on faisait des conneries, mais jamais j'aurais manqué de respect à un adulte, parce que ça aurait chauffé à mort à la maison : coups de claquette ou de multiprise garantis sur facture, le tout assaisonné par la morale de mes sœurs.

En quatrième, c'est l'âge le plus teubé, genre méchant sur le physique, à mettre des gens de côté pour rien, et en plus, ça se complique en cours avec les Pythagore et compagnie. Si t'as réussi à t'accrocher à la bouée jusque-là, tu risques de couler en troisième, comme Zak aime nous le rappeler avec son air malin.

– J'ai sombré comme le Titanic, mon reuf!

Moi, j'ai tenu. J'ai rencontré Leïla pile à ce moment-là. Je la connaissais avant, mais c'est à treize ans qu'on s'est vraiment découverts, époque première taffe. On était ensemble en quatrième C avec monsieur Branchu, le prof principal et de musique, qui nous faisait kiffer en mettant du Sexion d'Assaut et du 50 Cent. Après, on s'est suivis au lycée.

Leïla, c'est une Marocaine qui vit dans une autre cité de la ville. Au départ, j'ai même pas prêté attention à elle. Le truc s'est fait petit à petit. On s'est retrouvés à côté en physique. J'ai renversé un tube à essai sur sa veste en jean et je me suis empressé de réparer ma boulette.

– Je suis vraiment désolé! Donne-moi ça, je m'en occupe.

– Ben alors? Ça joue au dur dans la cour, mais ça fait le prince charmant en classe?!

Je vous l'ai déjà dit, je crois, j'ai une fâcheuse tendance à devenir rouge quand je suis gêné. Je pense qu'au niveau rougeur, on était pas mal ce jour-là.

Je me suis occupé de sa fringue, je l'ai essuyée et mise sur le radiateur. L'histoire était en marche.

Dans la foulée, j'ai eu envie de faire comme ces mecs cools des séries qui vont voir une meuf dans la cour et cash, ils demandent « Tu veux sortir avec moi ? », mais si elle dit non, c'est la mort, et en plus, moi, je voulais quelque chose de plus intime, plus fort, pas devant tout le monde. De toute façon, c'était bien trop tôt. L'occasion de se rapprocher s'est encore présentée pendant un cours, un jeudi matin.

– Après-demain, on a un match de hand hyper important. Vous voulez pas venir nous soutenir avec les gars ?

– Euh… ouais, pourquoi pas. Je vais voir avec eux et je te redis.

Tu parles ! J'ai rien dit ! J'ai gardé ça pour moi, bien gentiment. Le lendemain matin, dans la cour, je vais la voir sereinement juste au moment de la sonnerie, histoire que les autres nous voient pas.

– Les gars peuvent pas samedi aprèm. Mais moi, si. Ça fera moins de bruit, mais c'est déjà ça ! 14 h 30 ?

– Trop bien. Franchement, Hichem, tu gères, merci !

Et merde. C'était pas prévu ça, je me laisse emporter. Je jacte trop. Ouais, Hichem, c'est mon prénom, mais de toute façon, à ce stade, niveau anonymat, je suis cramé, je t'ai déjà donné trop de détails sur ma vie. Bref.

Après ça, je suis allé la voir à tous ses matchs de hand le samedi. Je me cachais à moitié dans le public et je me barrais deux minutes avant la fin pour pas avoir à me justifier. Elle me demandait jamais pourquoi je venais. Je sais qu'elle savait et ça la faisait marrer. Elle me faisait des allusions bien lourdes…

– Ben alors, tes potes étaient encore occupés samedi ? C'est bête ça ! Pourquoi tu restes pas à la fin ? T'as peur de quoi ?

J'étais timide comme pas possible. Les autres me charriaient à fond. Je m'en foutais. Je me disais que c'étaient des jaloux incapables de serrer une *chna*. Ça se branlait sur YouPorn pendant que moi, j'étais dans les vraies choses.

Et un soir, en novembre 2015, j'ai emballé Leïla pour la première fois. Je m'étais entraîné la veille devant le miroir de la salle de bains, sentant le truc imminent.

Par peur de mes sœurs, je m'étais enfermé à double tour. Je me mets face au miroir, un peu comme Vinz dans *La Haine*, tu vois, et là je sais pas, j'ai imité un truc que j'avais vu petit dans *Titeuf*, je crois. Je coiffe ma tignasse d'Arabe en arrière, je prends mon regard de mec ténébreux et je forme un cercle avec ma main droite. Je glisse ma langue dedans et j'imagine que c'est sa bouche. Bon, c'est pas très romantique mais c'est la vérité au moins, j'embellis pas. Je suis pas resté deux heures à le faire non plus !

Le lendemain, c'était un vendredi soir, ça s'est passé pour de vrai, au moment où elle allait prendre le bus. Elle pensait qu'on se ferait un check comme d'habitude juste avant qu'elle monte et là, j'ai sorti le grand jeu. Ça a duré cinq secondes. C'était fou. Je suis rentré chez moi en bondissant, heureux comme si on avait gagné la Coupe du monde. Mauvais timing. C'était le jour des attentats. Changement d'ambiance radical. Tout le monde était devant la télé du salon à regarder les infos en direct, la mine grave, à la fois à cause des événements en eux-mêmes et de la crainte que notre communauté en fasse les frais par la suite.

Mon père était au téléphone avec le bled, on s'inquiétait pour nous. Disons que ça a un peu gâché ce moment unique.

Ensuite, on s'est vus à moitié en cachette – jamais chez nos parents, évidemment. On se voyait au collège, vite fait. Notre bahut, c'était pas vraiment le délire couples et tout ce qui va avec. Ça se faisait pas ouvertement, ces trucs-là. On n'était pas dans un collège du 16e. Chez nous, niveau mentalité, c'est différent. T'attends ou tu te caches.

Du coup, on se captait le samedi aprèm, en ville. Un petit repas, du son, une enceinte portable, des choses simples. L'essentiel était ailleurs. Le regard. Tout passe par les yeux (et la voix oui, aussi). On se regardait, j'essayais d'imaginer ce qu'elle avait en tête, on s'embrassait de temps à autre. Le fait de pas vivre dans le même quartier, c'était plutôt un point positif finalement. Ça permettait d'avoir son espace.

Un jour, forcément, les darons ont capté. Logique. Comment ? J'ai encore un doute sur la question. Soit mes sœurs m'ont balancé, soit les échantillons de parfum Sephora que je ramenais en douce ont été découverts par ma mère. Dans tous les cas, elle a mené sa petite enquête au quartier et elle a trouvé quelque chose. C'est la vie.

Merde, je m'égare, désolé, c'est toujours comme ça dès que je pense à elle. Je disais quoi ? Ouais, l'école.

Au lycée, bye-bye Aliou, Dylan, Zak, Moha. Y a juste Rachid qui est resté avec moi. En seconde, à part le fait de pouvoir sortir à la pause, et tous les élèves qui fumaient, j'ai pas trop vu la différence niveau ambiance. Les cours étaient plus durs, par contre. La vraie diff, c'est qu'on parlait de choses plus sérieuses. Des bails de géopolitique, de polémiques, de médias. Dans ma génération, t'as beaucoup de mecs qui sont à fond dans le complotisme : 11 septembre, chemtrails, et limite Ben Laden, Tupac et Michael Jackson, vivants, qui font la fête sur une île déserte. Moi, je suis pas dans ce délire-là, j'ai les pieds sur terre, crois-moi. Mais, ce que j'ai appris, c'est qu'il faut être critique sur tous les sujets. Ouvrir tes yeux, faire marcher ta tête, pas te laisser embobiner, même si ton avis peut en chiffonner certains. Réfléchir, ça, ça me plaisait… « Le Philosophe », *forever*.

Mais rapidement, Première, Term, ça m'a gavé. Envie de sous, d'autre chose que de poser mon cul sur une chaise toute la journée.

Remarque, je fais presque la même chose maintenant… Mon idée, c'était « Le bac pour la daronne » alors je l'ai eu, et basta. Je suis content, il le fallait, quand même.

Oh là là, je suis bien perché.

J'ai un coup de chaud, j'enlève la cagoule.

Je croise le regard de Rachid qui me zieute comme si j'allais clamser là, dans la cage d'escalier.

– T'as une gueule de cadavre, gros.

– Désolé, je suis un peu mort, ça va passer. T'as jamais fait philo, toi, Rachton ?

Si je me permets de l'appeler par son blase, c'est qu'on est seuls dans la tour froide. La pluie tombe plus doucement sur la fenêtre pile en face de moi. Des petites gouttes fines qui s'écrasent en différents endroits. Dehors, aucun bruit de bécane. À l'intérieur, un peu plus haut dans les étages, un homme crie sur sa femme.

– C'est à ça que tu pensais encore ? reprend Rachid.

– Nan, j'avais pas cette option. Ça m'intéresse moyen de toute façon. Je suis plus séries, ciné, frérot. Tu sais bien.

– Ça empêche pas, tu pourrais aimer les deux !

– J'ai commencé *Game of Thrones* hier, tiens.

– Enfin ! Tu vas plus lâcher, t'es baisé !

– Je suis pas dans le délire elfes, trolls, lutins, moi, tu sais, donc je vais peut-être pas du tout accrocher, hein.

– Fais-moi confiance.

– Je vais essayer. Tu devrais tenter *Squid Game*, toi. Y a de la bonne matière à réflexion, le Philosophe. Bon, dans une heure et demie, on décale. Zak nous remplace et on va au local. On prend les trucs et on se taille. On lui dit quoi pour qu'il nous suive, le Djibril ?

– Je sais pas. Qu'on doit lui montrer quelque chose.

– Va falloir lui faire croire qu'il va voir le boule de Kim K, alors *akhi* !

Il secoue la sacoche.

– On n'a plus rien, là.

Je siffle un grand coup, difficilement, avec ma bouche sèche du pilon. Un petit rabza passe en coup de vent et file dans les étages.

Il redescend deux minutes plus tard, Rachid fout le produit dans la sacoche. J'ordonne au petit :

– Va nous chercher deux Oasis Tropical et garde la monnaie.

– OK.

Il déguerpit.

– Faut prier pour qu'il nous suive, reprend Rachton. Je vais trouver une histoire. Qui prend le calibre ?

– Moi.

Rachid grimace.

– Tu me laisses le sale boulot, quoi.

– Je vais cogner aussi, t'inquiète. On va le mettre à l'amende, et on dormira pour oublier ça. Tu vas te poser devant *Games of Thrones* pendant que Djibril mangera avec une paille.

– T'es un bandit, toi, en fait.

On se marre. On se marrera peut-être moins d'ici quelques heures.

Se battre, ça nous a jamais posé problème. Mais exécuter un contrat (parce que c'est de ça qu'il s'agit, en fait), c'est une autre histoire. Quand on se chiffonne avec quelqu'un, y a toujours un minimum de raisons personnelles. Une insulte, une bousculade. Là, que dalle. C'est qui, Djibril ? Je veux dire, en vrai ? Un gars sans personnalité qui veut croquer un peu ? Un paumé pour qui c'est la seule solution ? Un gros connard ? Ouais, ça me plaît pas. Plus le temps passe, plus l'attitude nonchalante que j'affiche devant mon pote disparaît pour montrer le pur faiblard à l'intérieur.

Et s'il se laisse pas faire ?

Le p'tit au maillot de Mahrez revient avec ce qu'il faut ; il dit rien, nous non plus. Temps mort. Pschitt. Un coup de frais, de la main jusqu'au cerveau. Ça fait du bien.

Je le connais pas, lui. Il ressemble à tous les tipeu du quartier. Il traîne à côté de nous, comme font tous les gosses avec leurs cousins, leurs héros. Je sais pas exactement ce qu'ils pensent de tout ça, mais j'ai l'impression qu'on est des modèles pour eux. Ça me gave.

Ce maillot vert et blanc de Riyad, le numéro un de sa génération, tellement familier. Obligé de penser à la famille. La base. Je suis d'origine algérienne, 100 % DZ. Et tu sais à quel point on est fiers, nous, les Algériens et Algériennes. Trop, sûrement. Ma mère vient d'Alger, mon père de Maghnia, près de la frontière marocaine. La ville de Ben Bella. Enfin, leurs parents (mes grands-parents) viennent de là, vu qu'eux sont nés en France. Deuxième génération, comme disent les médias. Je suis de la troisième.

Le contact avec le bled, il est bien réel : on a souvent les anciens au téléphone, pas qu'en période d'attentats – et jusqu'à mes quatorze ans, c'était au moins un mois au pays, l'été. En bateau parfois, mais le plus souvent en avion, d'Orly, dès le 1er juillet. J'ai toujours aimé ce voyage, pour le dépaysement, revoir les oncles, les tantes, les cousins… Et pour l'ennui. Ça peut paraître bizarre, ça, mais ouais, le plaisir de s'ennuyer, de rester la journée entière à la plage en ne captant pas tout ce qui se disait autour de nous. J'ai toujours préféré Maghnia à Alger. Un été, on…

Un hurlement qui sort du fond des tripes me ramène fissa sur le ter-ter.

6
Descente

17 h 01. « Arahhhhhhhh ! » Le cri explose en écho. C'est comme le pompier à l'appel au feu, la gazelle qui reconnaît un rugissement : d'un même geste, Rachid et moi, on s'élance. Quatre à quatre, on avale les marches de l'escalier en béton, sans respirer. On entend juste le bruit de nos survêts, les jambes qui frottent, à chaque foulée. Cavaler et s'enfermer – en vingt secondes, on est trois étages au-dessus.

– Sors la clé, je lui dis dans un souffle pressant.

Rachid la dégaine comme Lucky Luke et on s'engouffre dans l'appart à droite, sur le palier du huitième. Un logement complètement vide, loué sous un faux nom, qui sert de base arrière en cas de descente. Le stockage quotidien pour le stup, c'est deux étages plus haut, chez une famille banale, et insoupçonnable.

Quand les p'tits lancent l'alerte, c'est pas pour rien. Tu siffles une fois : un client. Tu cries : ça pue. D'autant que celui qui nous a prévenus là, c'est Bakary (Baka « œil de lynx », comme on dit chez nous). Pour certains, c'est le meilleur chouf de toute l'Île-de-France. Il est payé deux fois plus que les autres, parce qu'il rate jamais son coup. Qu'il pleuve ou qu'il neige, il reste accroché à son banc, sans bouger. Il voit tout, entend tout. Donc, trois hypothèses : soit c'est les flics, soit des gars qui veulent nous braquer, soit un client très chelou. Même si les deux dernières sont peu probables, on est quand même en plein bourbier.

Faut dire que, depuis quelques semaines, on est sur les dents : les flics nous lâchent pas d'une semelle. Ils nous harcèlent. Ils se vantent partout d'avoir démantelé un réseau du quartier. *Le Parisien* a fait une demi-page dessus. Tu parles. Ils ont juste tapé un bosseur et cinq kilos dans une cave : c'est que dalle, une goutte d'eau dans l'océan. Le gros stock, il est en dehors de la cité, inatteignable. C'est logique : on fonctionne en flux tendu, nous.

On reprend notre souffle. Tu vois, c'est dans ces moments-là que le bigo professionnel nous sert. On attend que Lassana nous envoie un message pour se remettre en place. Après, on jettera le phone. Au moindre souci dans le four, le taulier est tout de suite au courant. Dans la foulée, il gère le problème.

Je commençais déjà à pas être bien avec l'affaire « Djibril » et voilà qu'on se prend une descente dans la gueule. Il caille encore plus ; y a même pas de chauffage, ici. C'est l'automne pour encore quelques jours, mais on frôle le zéro. Le ciel est sombre, la nuit tombe à l'instant et le temps tourne de nouveau à l'averse violente. Je m'assois, adossé contre un mur rouge, le seul de la pièce à être peint. Personne devant la porte, pas de cris ou de murmures dangereux pour notre survie. *Boum boum* dans ma poitrine.

Rachton se risque à regarder en bas de la tour par une fenêtre crade. Il l'entrouvre doucement et passe sa grosse tête sur le côté. Il lâche dans un murmure :

– Y a une tchop au 4. Je crois, parce qu'on voit que dalle.

– Ils sont dedans ?

– Je sais pas, mon reuf.

Il se met sur la pointe des pieds.

– Je vois pas. Ah si, attends ! Ils remontent dans la caisse, ils sont trois, y a Franck, Colonel et la meuf blonde, là, avec un gros tarpé.

– Ah ouais, c'est un contrôle vite fait alors, pas une descente. On va reprendre direct.

– Ouais, j'imagine. Elle est bonne, siffle Rachid.

– T'arrêtes jamais, toi ! J'ai failli laisser la sacoche en bas…

– T'as bien fait de la garder. Je sais même pas s'ils sont montés dans le bât.

– Ils ont tapé personne ?

Il guette avec insistance. Ses yeux verts brillent dans la pénombre.

– Nan, j'crois pas. Ils ont enlevé les chariots, par contre.

Sachant que le 4 est le four qui rapporte le plus (vu qu'on y vend la zipette), les accès et les escaliers sont bouchés par des caddies, des grosses poubelles et tout un tas de trucs pour ralentir les condés.

– Ouais, ils les ont bougés.

Dix minutes. Quinze. Vingt. On parle pas, on sait jamais. Rachton zieute son téléphone, serein.

– Merde, ils veulent reconfiner, j'crois. Ça parle de nouvelles mesures pour les fêtes de fin d'année.

– Impossible. Ils vont pas niquer l'économie pour de bon, t'es fou !

– Je te dis ce que je vois sur Twitter, moi ! France Info, c'est sérieux, ça. C'est pas Sadek au PMU !

On devrait changer son blase à celui-là, vu que le *vrai* Sadek, le rappeur, a perdu une tonne, lui.

– Ouais. On verra bien. Ça me casse les couilles, tout ça. Hâte que ce soit du passé.

– Ben ouais.

On fume des clopes en se regardant, calmement. Je pense à Leïla, à ce qu'elle fait à ce moment précis et pourri de mon existence. Elle doit réviser ses cours ou mater la dernière saison de *La Casa de Papel*. Le téléphone du taf vibre. « Vs pouvez descendre. » Fin de la pause.

– On y va ?

– Ouais.

– Oublie pas de casser le bigo.

– T'inquiète.

Il passe devant, je ferme bien fort la porte. *Clac*. Retour au charbon. Je me cale dans la chaise encore un peu chaude, Rachton sur les marches. Éternel yoyo. J'ouvre la brique, je crame la puce, je la jetterai tout à l'heure. Dans cinq minutes, un p'tit m'amènera un nouveau phone, tout beau, tout neuf. Ça fait partie des frais professionnels. Loin, dans les étages, une mère appelle son fils pour la douche.

17 h 30. On a mis la lumière dans le bât. Ça siffle : un trentenaire avec un pull GAP vert sous une veste en jean claire débarque. Petites lunettes rondes, barbe naissante, chino, paire de Stan Smith. Genre Nekfeu. On passe en moyenne une minute avec le client. Parfois, c'est plié en vingt secondes, parfois, on laisse un peu traîner. Lui, c'est une transac express (on arrive au milieu de la journée, les keufs font des escarmouches, alors forcément, on accélère un peu. Mais toujours dans le respect du client).

N'empêche, un de ces quatre, je vais me faire soulever, c'est sûr. Garde à vue, dépôt, parquet dans le pire des scénarios.

Le *habs*, le placard, c'est ce qui nous pend au nez, particulièrement nous, les bosseurs. Si tu te fais serrer avec la sacoche pleine, t'es presque sûr de tomber, surtout si c'est pas ta première infraction à la loi française. Après, ça va, on a de la chance : vu le nombre d'affaires de stup dans notre secteur, les peines sont plus sympas que dans le fin fond de l'Auvergne. Mais, on reste en première ligne. Les Poilus des banlieues, c'est nous.

Tout le monde a ses histoires de gardav et de taule, ici. C'est ton CV de la rue. Zak les raconte comme personne.

– Et là, le mec baisse son froc et se met à chier devant moi dans la cellule, normal !

On les a entendues cent fois, mais c'est toujours aussi marrant. Des histoires drôles, même si c'est ton premier pas dans un engrenage malsain. Pour certains, ça restera un coup d'éclat qu'ils raconteront au coin du feu, à leurs petits-enfants. Pour d'autres, comme ceux de mon équipe, c'est que le début des emmerdes, des histoires à n'en plus finir avec la volaille. Chez nous, dès l'âge de raison, on t'apprend à la détester, la flicaille. C'est ancré, inné. Elle est là pour nous réprimer et nous humilier. Déjà qu'on est en marge, en plus, on nous empêche de faire ce qu'il faut pour sortir la tête de l'eau. C'est l'ennemie, cherche pas.

17 h 34. Une meuf avec un masque bien travaillé, presque une œuvre d'art. Un tableau connu, une nuit avec des étoiles. Elle veut un 100 g, du coup, je l'arrange. On aime ce genre de belles ventes. Quand tu prends gros, on est carrément conciliants. Plus tu prends, plus je touche. Soit je prends ma conso dessus, soit je gratte de l'oseille. Cette fois, ça sera conso.

Pour revenir dessus une dernière fois : les contrôles H24, c'est une réalité. Je me suis déjà fait serrer cinq fois, en une journée, par différents flics ! Quand tu sais que la plupart des gens se feront contrôler, allez, une fois ou deux dans leur *vie*… En plus, explique-moi pourquoi dans nos quartiers, ils mettent presque toujours des jeunes, tout juste sortis de l'école de police, qui ont cinq ans de plus que moi à tout casser ? Les gars ont aucune expérience, alors forcément, ça dérape vite, ça sait pas gérer ses nerfs, ça palpe des glaouis. Une fois, t'en as un qui a fouillé Zak, chopé sa boulette et qui est parti en allumant un zdeh ! Comment tu veux respecter ça ? J'en ai des tonnes, des histoires de ce genre : la BAC qui tourne en Mondeo et en Skoda à pas d'heure et qui nous insulte sans raison, quand c'est pas pour fracasser un boug dans un coin... Du coup, ça part souvent en vrille.

Y a masse de flics pourris. Après, ouais, OK, ils sont pas tous comme ça. Colonel, c'est un gars bien, par exemple. Dix ans de terrain, bonjour-bonsoir, il connaît nos familles, il est plutôt dans la prévention, les choses du quotidien, il va pas te les briser pour rien. C'est la Stup qui nous pose le plus de problèmes, forcément. Eux, leur travail, c'est de nous empêcher de faire le nôtre. Ils te mettent sur écoute, te filochent. *The Wire*. S'il y a perquise chez toi, t'auras beau nier, c'est mal barré. Ils viennent pas comme par magie, ils sont rencardés. C'est des heures de boulot, d'auditions, de balises GPS, de photos volées. Ils te connaissent mieux que ta propre famille. Ils savent à quelle heure tu chies, tu te couches, tu baises ta meuf.

Une règle en garde à vue : jamais rien lâcher. Les grands, ils nous ont fait des cours là-dessus. Leçon n° 1 :

« L'école de la rue, théorie et pratique. » La gardav, quand tu l'as passée, t'es dépucelé, t'as fait ton saut dans le vide, comme au Gol de Vanuatu (tu sais, le cure-dent géant d'où tu sautes avec juste une liane au pied, en mode Tarzan). Mineur, tu risques rien, ou presque. Après, ça se complique. Ça marque tout le monde, le chtar. Certains plus que d'autres, ça dépend de la force mentale, de la durée de ta peine, de plein de facteurs… Une chose est sûre : dans 95 % des cas, les anciens qui y ont passé cinq ans ou plus, ils sont sous cachetons, foncedés toute la sainte journée ou encore emprisonnés.

Tous les soirs, avant de m'endormir, les yeux rivés sur le plafond, je pense à ce que ça serait de vivre même une semaine là-bas. Ce qui me fait flipper, c'est pas vraiment de me faire fracasser ou violer, mais c'est surtout d'être enfermé, voir Leïla derrière une vitre, avoir la promenade comme seule sortie quotidienne. Je deviendrais vite paro. Et puis, entre nous, on va pas se mentir, je préfère pas imaginer la tête de mes darons quand ils me verront menottes aux poignets. Ma mère. Mon père. Mes sœurs. Ahmad. Au parloir. Les pleurs, les cris, la colère. Le silence. Ouais, le pire, ce serait ça : qu'ils ne disent rien parce qu'il n'y aurait rien à dire, juste constater les dégâts, énormes. Les grosses engueulades, j'ai déjà donné ; les coups, j'y ai parfois eu droit. Le dégoût, le désarroi, l'immense déception, non. Ça ne doit arriver sous aucun prétexte. Je pourrais pas vivre après. Notre famille, c'est un cercle, un socle, uni. Si je me fais serrer, condamner, je sors de ce cercle. Je veux décevoir personne. Je veux voir la joie, la fierté dans leurs yeux quand ils me regardent. Eux, mes proches. Mais aussi leurs amis, la famille au bled, tout le monde. Je sais ce que j'ai à faire pour que tout se passe comme prévu.

Les choufs doivent être de nouveau en place, tendus. Je le suis aussi. C'est rare, mais ils peuvent faire plusieurs descentes dans la même journée (c'est déjà arrivé). J'essaye de penser à ça le moins possible, sinon, je balise, je réfléchis trop, encore plus que d'habitude (on peut pas dire que ce soit le meilleur jour pour s'embrouiller avec la police, hein). Le moindre bruit me paraît suspect. Je jette un œil à Rachton. Lui non plus, il est pas serein.

7
Djibril

17 h 50. C'est l'heure. Plus moyen de se défiler. J'ai jamais aimé me battre, moi, hormis sous *khapta*, aidé par mes *shabs* (oui, là, d'accord, ça me déplaît pas, j'avoue). C'est pas très glorieux. Mais je peux aussi me débrouiller seul, hein.

Là, c'est pas pareil. De un, je suis sobre. De deux, ce Djibril, il m'a rien fait. De trois, va falloir qu'il nous suive sans se douter de rien…

Je suis avec Rachton et Zak dans le bât : ouais, on a rameuté ce bon vieux Zakaria pour nous remplacer. C'est Rachid qui tient la sacoche, c'est moi qui suis posé. C'est la sortie des bureaux. Les clients défilent plus vite. Du tailleur, du costume, du fils à papa qui s'encanaille à deux kilomètres de son pavillon douillet. Dès qu'on est seuls, on parle, vite. Zak tient pas en place.

– Wesh, vous allez faire comment ? Vous voulez que je vous aide, ou quoi ? C'est un boloss lui, non ?

– Dose avec tes questions là, on dirait un interrogatoire ! crache Rachid. Tu rends fou !

– Il doit avoir quinze piges, ce renoi. Par contre, sa famille, ils sont à part, ils sont chelous. Faites gaffe. Mon daron m'a déjà parlé d'eux. Des tarés. Vous le goumez, mais pas trop, tout le monde est content, fin de l'histoire !

– Ouais, dit comme ça, ça a l'air simple ! Mais, si les grands ont dit que c'était nous, c'est pas pour rien, gros. Je suis sûr que c'est pour nous tester !

– Vous tester de quoi ? Tu crois qu'ils veulent vous faire grimper pour devenir gérants ? Hé, redescends, ils s'en battent les reins de vous ! Ils ont trouvé deux pigeons pour faire le sale boulot, c'est tout.

Je veux pas le froisser, mais Zak a le seum de pas avoir été convié à la fête. Et à le voir, et l'entendre, Rachid pense exactement comme moi. Putain Zak, j'aimerais bien être à ta place. J'échange tout de suite la tienne contre la mienne. Sans hésitation. Je les coupe, assez sèchement :

– Arrêtez de vous prendre la tête pour rien. On doit le faire, on va le faire, c'est comme ça. Ce sera fini en deux-deux. Bon, on doit bouger. Zak, remplace-nous en attendant. Y en a pour trente minutes, max !

Sans répondre, regard bien froid, loin du clown habituel, Zak prend la sacoche et nous regarde partir. On croise une nana qui vient souvent, je lui lâche un « Bonjour madame » un peu mielleux auquel elle renvoie un sourire éclatant.

– Quelle madame ? Elle doit avoir vingt-deux ans, wesh !

On se marre. Ça dure pas. Je retire la cagoule, histoire de respirer. Je prends une bonne rasade de flotte sur le visage. Ça a jamais été aussi appréciable ! On marche sans bruit vers le local. Je sors la clé de l'appart confiée par Lass. Je vois mon immeuble à l'horizon ; j'imagine la fenêtre du salon entrouverte, Ahmad en train de jouer à FIFA 22 en ligne, seul et sans souci… On croise une vieille avec son chien dans le hall. RAS.

On va direct au faux plafond, je monte sur une chaise et j'en sors le calibre. Rachid :

– Hé, je t'ai dit que je cherchais une histoire pour qu'il nous suive : j'ai trouvé. Y a pas que toi qui réfléchis, à la cité !

– Ha ha, vas-y, dis ! C'est quoi ? C'est pas une meuf, hein, tu vas pas la lui mettre à l'envers comme ça !

SMS sur le nouveau phone : « À la demi. » Je le montre à Rachid.

– La Demi-Lune. OK. T'inquiète pas, mon frère, c'est parfait. Viens, on prend le scoot ; il est au grec. Tu sauras bientôt.

Je réponds pas, il a l'air sûr de lui. Deux minutes de marche. Il ne pleut plus. On monte sur un vieux Runner 180 qu'on se partage avec les gars. Avant de démarrer, Rachid dégaine une petite bouteille de Cristaline, couleur paille. Il a dû la dégotter pendant une de ses sorties, tout à l'heure.

– Tise un coup, poto.

Je bois une longue gorgée qui me réchauffe tout, du gosier à l'estomac. Chaleur intense. Coup de fouet. Rachton finit le flash. On renfile les cagoules.

– Là, on est prêts.

Il démarre, je suis passager. La Demi-Lune est un bât tout en longueur sur des dizaines de mètres. Les fenêtres sont presque toutes allumées. On sait tous que l'entrée du milieu est celle du four. Maintenant, faut le trouver, le Djibril. Un petit renoi grassouillet, boule à Z, lunettes de soleil par tous les temps. On balaie du regard : rien. Deux choufs, c'est tout. Pile quand il se remet à pleuvoir et le ciel à gronder, on le voit sur un muret, un peu à l'écart, clope au bec et rivé sur son bigo. Je murmure :

– C'est lui.

Coup d'accélérateur. On s'avance franchement. Rachid coupe même pas le contact et l'interpelle sans préambule.

– Djibril ?

Il nous regarde successivement de ses grands yeux. Il se dit quoi ? Deux gars cagoulés, des mecs du charbon.

– Ouais ?

– Tu dois venir chercher un truc, c'est Lass qui nous envoie.

– Chercher quoi ? À peine je fume une clope et je retourne dedans, moi !

Il repart déjà vers le hall. On le suit en scoot.

– T'inquiète, ça va prendre deux minutes, c'est une surprise, et une bonne ! Lass a un cadeau pour ton reuf, « en souvenir du bon vieux temps », il a dit ! C'est lourd, on a besoin de toi.

– Ah ouais ? Propre, ça. OK. Si je suis en retard, ça sera de votre faute, les gars.

– T'inquiète, tout est prévu. Il veut le lui offrir tout à l'heure, et faut mettre un truc en place. On nous a réquisitionnés et il tient à ce que tu participes. T'es son frère, quand même !

– Allez, vas-y.

Djibril écrase sa fin sous sa semelle, puis il monte derrière moi. On est trois silhouettes muettes sur la monture, dans le clair-obscur. Rachid m'impressionne. Il maîtrise son scénario, un pro. Je capte qu'il nous emmène vers les caves du Carré. Si t'es pas d'ici, peu probable que tu connaisses le coin. C'est un peu à l'écart, et y a rien à y faire. On est collés comme pas possible (l'engin est pas bien grand). Les roues patinent.

– Pourquoi on va au Carré ?

On descend, Rachton coupe le moteur. Sans répondre, je défonce la porte d'entrée d'un kick bien puissant ; c'est le seul moyen efficace. Il est temps que je fasse ma part. J'allume la lumière faiblarde censée éclairer le bordel. Je m'y reprends à trois fois. Il doit y avoir quatre ou cinq résidents qui laissent leurs caisses dans ce garage pourri, à tout casser. Ici, camés à l'héro et mécanos qui désossent des govas se partagent le terrain. Y a même de l'herbe qui pousse à travers le béton.

On y voit à peine. À deux pas sur notre droite, y a un box ouvert et un néon minable qui permet d'observer un peu mieux Djibril, perdu, sourire aux lèvres, lunettes sur un crâne ruisselant.

– Du coup, c'est quoi, votre truc ?

– C'est ça notre truc, fils de pute !

Directement, Rachid le balaye par devant. Djibril tombe, lourdement. Je mets des coups de pied dans son gros bide mouillé qui amortit les coups. Rachid, d'un geste fluide, sort la batte de sa veste et tape dans les jambes, fort. Les tibias morflent, ça craque. Djibril gémit, cherche juste à se protéger la tête. On dit rien, on tape, on grogne, c'est tout. Je shoote dans des organes, des articulations.

Ça dure longtemps. Je sors le brolique pour interrompre ce lynchage ; on s'arrête de frapper à ce moment précis.

– Regarde-moi !

– Mais je vous ai fait quoi ? il chiale.

– Regarde-moi !

Il tourne sa tête sombre dans ma direction. Je pose ma voix, pour la rendre le plus grave et assurée possible, et en contrôler les éventuels tremblements.

– Si tu retapes dans la recette, je t'allume, fils de pute. T'as capté ? Je t'allume.

– Ou-ais…

– Est-ce que t'as capté ? ajoute Rachid, les yeux révulsés.

– Ouais, j'ai compris, j'ai compris, *wallah*, promis, sur les yeux de mon père ! Laissez-moi, les gars…

J'arrive à distinguer rapidement son visage malgré la luminosité. Il est pas beau à voir : l'arcade gauche a pété, son œil droit est fermé, il y a du sang partout.

Je me tourne, fais quelques pas et donne un nouveau coup de pied dans la porte métallique. On sort lentement du garage. Il pleut violemment, le ciel tonne. J'ai du sang sur mes pompes, couleur ketchup. Les battements de mon cœur ralentissent. Je me sens un peu mieux.

– Je conduis, Rachid.

– Vas-y. Trace. Attends, je lave mes TN. Regarde si t'as rien, toi.

– Putain, ouais, j'en ai partout moi aussi. Viens, on frotte dans la flaque, là.

Nous voilà en train de nettoyer nos groles dans une mare fraîche. Je vois mon reflet trouble. Rachid a le regard dur. Il est toujours pas retombé de son nuage de haine.

– C'est bon. On décale.

L'autre est pas encore sorti.

Clé, moteur sonore. On file bruyamment vers le Z; on y est en trois minutes. Les petits tiennent un pitbull en laisse; ils nous font signe de la main, pouce en l'air, et sifflent. Je pose le bolide préhistorique et on monte rapidos dans le bât. Zak est là, en train de rouler un bâton.

– Alors ? Vous vous êtes fait des câlins ? En mode amour ?

– On te racontera ça.

– Ouais. Là, on s'y remet.

8
Kaléidoscope

18 h 39. Un daron de mon bloc. Dix euros de shit. Cagoule, il me reconnaît pas. S'il savait… *Clic-clac*, fine barrette, billet rouge, ciao.

La nuit tombe. J'ai le sang d'un inconnu sur moi. Pourquoi j'ai fait ça ? Ça me fume. Le sang, ça colle. Aux pompes, à la peau, et aux neurones : j'arrête pas d'y penser. Qu'est-ce qui peut m'arriver, maintenant ? Est-ce que ce truc aura des conséquences ?

L'avenir proche, c'est samedi soir, Leïla. Dans l'idéal : je passe la prendre en Uber, on se balade dans Paris, on enchaîne sur un petit resto, le tout sans la prévenir – elle aime les surprises. Un truc classe, près des Champs, entrée, plat, dessert, payé avec les sous du cannabis.

Ça nous changera de toutes ces fois où on se contente de traîner dans les beaux quartiers, de rentrer dans quelques magasins trop chers, pour se réchauffer et rêver, en se disant qu'un jour, on reviendra et on raflera la mise.

Ouais, samedi, on se mettra sur notre trente-et-un et on profitera. Et si c'est pas possible pour telle ou telle raison, on finira par manger dans un snack correct de Saint-Michel, ou une pizzeria des Grands Boulevards, et ce sera très bien comme ça.

J'aime bien aller sur Paname avec elle. On s'arrête au hasard, on sillonne le quartier, on lit les plaques, on s'imagine y vivre. Elle attend que ça, quitter la banlieue, vivre dans Paris intra-muros, voire à l'étranger. Canada, Oman, Indonésie… Leïla, elle est branchée ciné, séries, mode, théâtre, plein de choses où tu trouves mieux ton bonheur ailleurs.

Les thunes. Les mapesas. Les pépètes. Le nerf de la guerre ! Sans ça, pas de resto sympa dans le 8e, pas de parfum original, pas de Nike flambant neuves. Et manger des pierres, bof. Quitte à être né loin du bled, autant ne pas sniffer de la colle comme certains de mes cousins, et être un minimum matérialiste.

Problème : au Z, tu cotises pas pour la retraite. Abdelkader, bac +5, pas de taf. Idriss, bac +3, Pôle Emploi. Yanis, master d'éco, sur le banc, remplaçant qui rentre jamais sur ce putain de terrain. Alors que le nôtre, il est ouvert à tous.

Pause, notification : Zemmour. Il grimpe, il grimpe. Deuxième info : Biden et la lutte contre Omicron. J'en ai pas grand-chose à carrer, au contraire du monde entier qui semble être suspendu aux lèvres des Ricains. Pays de merde. J'ai maté trente fois la vidéo du gars du Minnesota qui se fait tuer en direct, pire qu'un clebs. Après, est-ce qu'on a encore quelque chose à leur envier ? Zyed et Bouna, quand j'étais petit, Mouhsin et Laramy, Adama Traoré…

18 h 46. Le bloc est un congélateur. J'enlève les gants, je frotte mes mains rougies sur mes jambes détrempées. Un nouveau boloss pour un 10. Inconnu au bataillon, starter pack du iencli : béret, veste vintage, chaussettes à carreaux, petite moustache de puceau. Souvent à vouloir faire la causette, ceux-là. Bien gentils, qui changent rien du tout à quoi que ce soit ;

le genre à débattre autour de leur verre de rouge, à écouter Roméo Elvis et à croire qu'ils sont dans le truc. Je lui donne un bout mal servi, il s'en apercevra pas, ce pigeon. Puis je trace un trait de plus dans la ligne des comptes, colonne dix balles. Les maths, ça sert, dans ce job. Si tu fais une connerie dans les chiffres, un trou, tu t'attires vite les emmerdes, comme Djibril.

Merde, rien que de penser à son nom, ça m'a recollé une suée.

Encore un client, un habitué. Il vient pécho son cinquante balles toutes les deux semaines et on tape la discute.

– Ça va, aujourd'hui ? Ça gratte pas trop, le passe montagne ?

– Le quoi ? On fait aller, mon vieux ! Un 50 ?

Son visage s'illumine. Il aime ça, que je le reconnaisse, que je sache ce qu'il veut, que je lui donne un peu d'importance dans sa vie minable. Ça fait mouche (je juge pas, je constate). Tout le temps, il me raconte ses histoires de divorce, de gosses dont il a pas la garde, de fins de mois difficiles. Une vie de merde à quarante-cinq piges. Je suis désolé, je veux pas de ça, moi. Ce qui veut pas dire qu'il est inintéressant.

– Ouais, de la beuh, pour changer. Elle est bien ?

Je souris, même s'il le voit pas.

– Évidemment qu'elle est bien. Elle sent ultra fort, regarde ça. Tu vas oublier un peu tes problèmes, crois-moi, ça va te détendre et tout. T'as cherché du travail, cette semaine ?

– Ouais, mais c'est vraiment la galère. Je me démène, on me propose aucune mission en intérim, rien de rien. Je te jure, je prends tout ce qu'on me proposera ! Ménage, gardiennage, je prends tout !

– J'ai une idée, moi.

– Ah ouais ?

– Viens bosser ici.

– Hein ?

– Ben, vends !

– Avec vous ? J'ai quarante-quatre ans, deux gamins et une pension alimentaire à verser. Ce serait moyen.

– Moi, je dis ça si t'es dans une grosse galère. Si t'as besoin, genre vraiment besoin d'argent, y a toujours cette possibilité, c'est tout.

Te trompe pas, je veux pas l'engrener dans la hess, ce daron. Absolument pas. Simplement qu'à choisir entre l'huissier et tenter sa dernière cartouche, autant essayer, nan ?

– Merci, en tout cas et bon courage. À la semaine prochaine !

– Vas-y, bonne soirée.

J'espère qu'il s'en sortira. Des clients qui prennent cinquante balles tous les quinze jours, t'as pas envie de les voir partir.

Dans la foulée, un métis, type rasta, bourré à première vue, vient prendre de quoi rajouter une couche à sa foncedé, comme si sa bouteille de Captain suffisait pas. Je le sens agité, bouillant. Je mise sur du rhum, vu ses yeux. Ça rend violent, de ma très modeste expérience. Ce gars, Dominicain, il aime me raconter sa vie, lui aussi. Il est perché. Il invoque le Christ black en chaire, des trucs de cinglés. C'est divertissant, parfois, si t'es d'humeur. Sauf que j'ai pas trop le temps. Fais rapide, putain.

– Yo, man, t'as quelque chose de bon ou quoi ?

– Ouais, ouais. Tu veux de la weed ? Tu veux combien ?

– Vingt ! De la Lemon Haze.

– Tiens.

– Cimer, man. J'espère que j'ai pas été suivi. J'ai vu un hélico sur le chemin !

Et voilà, ça rate pas. Il me fait le coup tout le temps. Quand c'est pas les reptiliens, c'est les Illuminati, quand c'est pas le FBI, c'est les Peaky Blinders.

– Qu'est-ce que tu racontes encore, toi ?

– Ben, depuis que je suis sorti de chez moi, comme Ray Liotta, pareil bordel ! *Koké manmanw* !

– Pourquoi tu veux qu'un hélico suive un chômeur comme toi ? T'es Trevor ou quoi ? Nan ! Donc détends-toi, gros, fume un cône, écoute de la zik, calme-toi, pépère !

– C'est mon ex, ça ! À cause des dommages et intérêts que je lui verse pas, elle a appelé Babylone !

Je suis mort de rire. Mais faut qu'il dégage. Ce genre de soûlard, ça fait peur aux clients. Nous, on connaît l'animal ; il mord pas. Enfin, va savoir s'il a pas une lame sur lui. S'il te prend pour un flic en civil, il te plante sans réfléchir, ce maboule.

– Vas-y, bouge je t'ai dit, tu crains rien. J'ai du taf !

– Nan, je préfère me cacher dans la tour, c'est plus prudent ! Ils m'attendent.

Ah ouais. Il est loin, le con. Va falloir le jeter de force. On se regarde, Rachid a la même idée. Au moment où le rasta s'apprête à monter dans les étages, il le chope par derrière, lui coince les bras et lui fait dévaler les escaliers.

– Lâche-moi, toi, je te dis qu'ils m'attendent, je vais me faire cueillir en sortant, enfoiré ! Babyloneeee ! *Koké manmanw* !

Je l'entends geindre en créole. Bon débarras. Ça siffle. Un p'tit gars monte doucement, escorté par Rachid revenant à son poste. Pas plus de treize ans. Tout timide, genre il a fait une bêtise. Un p'tit rebeu à lunettes, pas de chez nous. Plutôt belle baraque, PS5 le jour de la sortie, vacances au Cap d'Agde, polo Lacoste bien serré sur son corps de lâche.

– Vous avez du shit ?

Je souris, mais il peut pas le voir.

– Ben ouais, je suis un peu là pour ça. Dis donc, t'es petit, toi ?!

– Douze ans.

Et voilà.

– T'es pas au collège ?

– Nan, j'ai fini à midi, la prof de maths n'était pas là.

Là, ça me fait chier, en vrai. Mais je peux pas refuser un client. Ça se saura et ça plaira pas aux grands.

– Pourquoi tu fumes ? T'es trop petit ! Va jouer au foot, nan ?

– C'est pour essayer avec mes potes.

– Ouais, ben, vous en mettez pas beaucoup et vous partagez, OK ? Et faites ça le week-end, tu vas rien suivre, avec ça dans le crâne !

– OK, monsieur.

Ça me lâche du « monsieur », en plus. Je me sens con – pas le fourgueur de mort, faut pas abuser, mais… pas un gars bien. Le pilon, ça peut faire de gros dégâts si t'es déjà un peu limite, ou si t'es trop jeune. Faut pas sous-estimer. Doser, comme tout. Ça peut te rendre schizo si tu en bédaves dix par jour, du lever au coucher du soleil. Surtout à douze piges…

Il se barre sans me jeter un regard.

Wah, je patauge dans la merde. Djibril, puis ça : stop. Ça m'a saoulé. Heureusement, un gars lambda me chasse vite toutes ces idées de la tête. Cheveux longs, survêt du PSG (le violet, là), les yeux éclatés, inconnu. Du shit, sans surprise. En dix secondes, c'est bouclé.

Ça défile.

Dans ce taf, il faut être méfiant par nature. D'un nouveau, d'un habitué pincé par les bleus et missionné pour une transac, d'une meuf qui te charme, d'un flic infiltré qui se mélange au flot de clients… Les guetteurs, c'est nos videurs. Ils sont censés cerner le mec, c'est leur job. Les banalisées, les caisses de kisdés, c'est plutôt simple. Sentir le clicos, c'est plus balèse.

Lui, il ressemble à un baqueux pourri. Lunettes de soleil sur le crâne, cheveux ras, grosse carrure, il fait pas fumeur. Les physios ont pas bronché, mais vu que je viens de me fumer un pers', j'ai remonté d'un cran mon degré de parano. Je vois son visage et celui de Djibril en surimpression. Une sorte de monstre. Il me regarde bizarre. Nan, tout va bien ; il doit venir acheter pour sa femme, il a peur qu'elle s'aventure chez nous, il préfère assurer le coup. Ils vont faire une soirée avec des potes, apéro dînatoire, bières, vin rouge, et sa zouz veut qu'il y ait des pilons à faire tourner pour détendre l'atmosphère. Peut-être même qu'ils baisent tous ensemble, des libertins. Ouais, ça doit être un bail comme ça. Ou alors, il a un fils qui sort de désintox et qui doit bédave pour descendre par paliers de son perchoir de camé. Du coup, ça le fait chier, mais il va lui prendre son bout, histoire d'avoir la paix.

Si, putain, il me regarde de travers ! Il m'analyse. *Est-ce que ça correspond au gars qu'on nous a décrit comme le charbonneur, la taille, la corpulence, les fringues ?* Dans une minute, ils vont débouler en gueulant et choper tout le monde ; je suis baisé. Maman au parloir, la famille au courant en Algérie, le déshonneur sur toute la smala.

– Y aurait moyen de prendre une plaque ?

Merde, et comme par hasard, il veut gros. C'est un test pour savoir où on stocke la marchandise.

– C'est jouable.

Rachid aussi a l'air nerveux.

– C'est une plaquette de 100 g, hein ?

– Ouais, c’est ça, répond Rachton.

– C’est combien ? On m’a dit 400 à l’accueil.

« À l’accueil », elle est pas mal, celle-là. Pour toi, ce sera plus. Je te sens pas, mais pas du tout. Si je me trompe, et je prie pour me tromper, au moins tu vas rembourser ma frayeur.

– 450 pour du Paki. C’est bon ?

– Je peux goûter ?

– Ouais, normal quand même ! Tiens, roules-en un en bas et tu reviens si ça te va. T’as vu, il sent bon.

Je lui fais sentir et il hoche la tête, apparemment satisfait. Il descend.

– T’en penses quoi de lui ? Il est chelou, nan ? je demande.

– Nan, franchement, c’est bon, je crois. Je l’ai déjà vu.

– Sûr ?

– Ouais. 95 %. Je l’avais pas senti au début, moi non plus.

– Je te fais confiance. Va chercher une plaque.

– Ouais. Bien vu le taro.

– Cinquante balles de bénef.

– BG !

La vérité ? Je suis pas bien. Trop de trucs pas normaux en une seule journée. J'ai chaud. Rachton monte dans les étages. Il me glisse la plaque dans les mains. Il a fait vite. Le gars remonte. Déjà ? Il a pas fumé, impossible. Il se fout de ma gueule.

– C'est bon, ça va ?

– Ouais, nickel. Je prends.

Il me file cinq billets de 100, je lui rends 50. Il se casse.

Après quelques secondes de flottement, je redescends en pression, direct. Ça, c'est ce qu'on appelle une bonne vente ! Tout le monde est content, moi surtout. On vend pas 100 g toutes les cinq minutes – et récupérer cinquante euros de bénef dessus, c'est cool.

19 h 05. Je commence déjà à avoir la dalle. J'ai envie d'appeler Leïla, de tout lui déballer, afin de sceller notre amour pour de bon. Mais j'aurai pas le temps, j'aurai jamais le temps entre deux clients, et c'est toujours entre deux gars que je suis pris de cette envie-là. Je l'appelle quand même. Deux tonalités.

– Allô.

– Ça va ?

– Ouais, je suis avec Rachid, on traîne. Tu fais quoi ?

– Avec ce temps ? Moi, je bosse, comme d'hab. Ça me saoule, j'ai envie de sortir. Mais il est déjà tard.

– Ouais, c'est vrai. T'es habillée comment ?

– J'ai mon pull Ellesse. Le bleu marine que tu aimes bien.

– Je l'adore même. Il te va trop bien.

– Merci !

– J'aurai un truc à te dire, ce soir ou demain. Rien de grave, t'inquiète. Enfin, c'est important mais c'est pas urgent.

– Tu veux pas me le dire maintenant ?

– Je préfère, en vrai. J'y vais. Je t'aime.

– Moi aussi. À toute.

Ça siffle. Rebelote.

9
Répit

19 h 15. Message d'Aliou sur notre groupe WhatsApp : « Venez, on est tous posés chez Dydy. Il se fait fumer sur FIFA. » Je saute sur l'occasion, sans laisser le temps à Rachid de réfléchir à la question.

– Je passe chez Dydy, y a les autres. Pas longtemps, t'inquiète, genre une demi-heure, max.

– Vas-y, flemme, moi, t'façon. Ça va le faire. *Salam.*

J'avoue que je suis pas mécontent de laisser Rachton pour me caler avec les frères. Le chauve de tout à l'heure m'a fait baliser.

Je retire la cagoule cinquante mètres après être sorti. Il fait nuit noire. Vu que les lampadaires sont bien espacés, t'y vois que dalle sur des mètres entiers.

Je marche du pied gauche dans une flaque profonde. Bon signe ?

Le 6 a plusieurs entrées. Les gars se posent souvent dans la plus reculée, celle du bât E, quand ils sont pas chez Dylan. Je pousse la porte, pas besoin de code, boîtes aux lettres des deux côtés. Les parents (daronne et quatrième beau-père) de Dydy habitent au rez-de-chaussée, la porte tout à gauche. Je frappe et j'entre. Les vieux sont pas là : l'atmosphère est enfumée, rieuse, et la musique est forte. Ils sont tous les quatre dans le salon, calés sur FIFA. En tant qu'Arabe, je dirais que c'est minimaliste niveau déco. Des photos des gosses dans des cadres, une ou deux peintures inconnues au bataillon, c'est pas surchargé.

Leurs visages me font toujours le même effet, comme si on s'était quittés il y a deux minutes. Bon, ça fait pas très longtemps non plus, mais tu vois ce que je veux dire. Ceux qui ont de vrais amis en ce bas monde me comprennent. On pourrait ne pas se parler pendant trois mois, un an, ce serait toujours comme avant. On n'a pas besoin de sortir des conneries pour faire exister notre amitié. Pas de blancs à combler, pas de cases à remplir. On sait que ce sera jusqu'au bout. On se parle même pas, on se checke, ça suffit.

Tout le monde est là. Il manque que mon binôme, retenu pour obligations professionnelles.

– Je reste pas longtemps, je peux pas laisser Rachton solo. C'est le rush. Genre vingt minutes, max.

Je me pose à côté de Moha, sur un pouf défoncé. Il est rivé à fond sur l'écran, clope dans la bouche.

– C'est déjà ça, gros. Putain, mais abusé la frappe de merde qu'il me met là, c'est un sketch ! Ça se passe ou quoi, aujourd'hui ?

– Ouais, normal.

Zak intervient. Toujours à l'ouvrir, celui-là. Il roule un joint et semble hyper concentré.

– Lass leur a dit de soulever un gars, quand même.

Mais ta gueule.

– Ouais, sale histoire.

– Il s'est passé quoi ? Vous l'avez fait ? demande Aliou.

– Ouais. On l'a mêlé, j'ai encore du sang sur mes pompes. Regardez.

Y en a moins que tout à l'heure.

Dydy s'énerve.

– Salis pas le tapis, sale fou !

J'enlève mes Nike. Je les pose dans l'entrée. Aliou veut pas me lâcher :

– Ah ouais, c'est la merde, ça, un peu ! C'est qui ?

– Le p'tit reuf de Saïdou. Il doit pas être bien, là.

Aliou triture son bonnet, se redresse :

– Saïdou, le cinglé sous méthadone ? T'sais quoi, j'ai même pas envie de parler de ça, vous faites de la merde. Quand vous serez au *habs*, vous ferez pas les ignorants genre « Ah je savais pas, personne nous a prévenus » ou je sais pas quoi. Saïdou, c'est un camé, un vrai de vrai. *Belek*, les gars.

Il voit vraiment pas d'un bon œil nos histoires. Rapport à son père, je t'ai fait le topo. Les autres, pour différentes raisons, ils s'en carrent un peu. Je change de cible pour pas subir sa morale. Il a raison, je sais, pas besoin de s'éterniser là-dessus. Je mise sur Dydy, en train de se faire déglinguer sur *sa* console, dans *son* salon.

– Ça va, les croissants ? Ça a pas l'air vu ce que Moha est en train de faire à ton équipe. Mais fais la passe, gros !

Il soupire en regardant par terre.

– Je vous jure, ce jeu, c'est un film ! Y a aucune passe qui fonctionne, c'est un délire. Ou c'est ma manette qui bugge, j'ai juré !

– T'es mauvais, c'est tout !

– C'est ça, je suis bidon. Change de sujet, tu sais que je suis d'accord avec Vegeta. Vous êtes des golmons. Bref, moi ? Je suis carbonisé, gros. Se lever à trois heures, ça te fracasse, je commence à fatiguer. Il est temps que je fasse autre chose. Quand je serai reposé, on va voir si je fume pas Esmeralda (Moha a une chevelure impressionnante, je sais plus si je te l'ai dit).

– Tu m'étonnes, c'est pas une vie, ça. On va s'associer et ouvrir ton resto, c'est une question de mois, au pire de quelques années. C'est pas loin, mon reuf !

– Avec l'argent de la drogue !

– Ben ouais, pourquoi pas ?

– Et ils viendront le fermer six mois après, quand ils auront capté d'où viennent les pépètes !

– Mais nan, tranquille. Toujours à flipper ! Et toi, l'entraînement ? je demande à notre gardien favori.

Au même moment, Moha marque un nouveau but sur corner et nargue Dydy en se mettant à danser. Zak l'imite.

– Putain, 4-2, gros, t'es nul à chier ! Ben écoute, la routine, hein. Match contre Strasbourg, ce week-end. Gros choc. Victoire, *inchallah*.

– *Challah*, frère. Match du haut de tableau ?

– On est troisièmes, ils sont deuxièmes, donc ouais.

– BG ! Sois bon, alors.

– Comme d'hab ! J'ai un peu mal au coude droit, là, galère. Mais ça va le faire. Il était dans quel état, le boug, quand vous l'avez soulevé ?

Bonne question, ça. Je recommence à avoir chaud, comme tout à l'heure.

– Franchement, je sais pas trop. Il bougeait, mais vite fait. On l'a bien sonné, je vais pas te mentir.

– Et tu crois qu'il va reprendre sa vie comme si rien s'était passé, toi ? Si ça se trouve, il est dans le coma ou en train de vous chercher partout, le gars !

– Je sais pas, on a pas tapé la tête. On verra. Il a pas vu qui lui a fait ça, de toute façon.

– Tiens, tout à l'heure, je l'ai croisé, le Saïdou. Ça faisait au moins une pige. Il sort de l'HP, j'crois.

– Ouais, c'est un taré.

– Il paraît qu'il sait même plus comment il s'appelle !

Moha est en train d'éclater Dydy. Un Liverpool-Bayern qui va se terminer sur le score sans appel de 5-2.

– Mec, je suis en train de te souiller, là ! Rebelle-toi, nan ? T'as un peu de fierté ?

– Ta gueule ! Je suis pas un chômeur qui dort toute la journée, moi !

On se marre. Moha :

– Hichem, je te soulève aussi, si tu veux ! C'est ma journée !

– Pas le temps. Laisse jouer Zak : vu ses yeux rouges, tu vas en mettre dix cette fois-ci !

Tout le monde parle en même temps, plusieurs conversations simultanées, mais c'est notre langage, on se comprend. Là, d'un coup, on est silencieux. Leurs mots résonnent. Je regarde mon phone : 19 h 31. Bouffée de stress puissante.

Déjà un quart d'heure, va pas falloir tarder. Zak fait tourner son joint à Moha, ça promet un grand match. Dydy apporte une boîte de gâteaux de la cuisine. Je choisis un fraisier que je bouffe à la main, à l'arrache.

– File un sopalin, steuplaît !

C'est bon, y a un max de crème, signature de Dydy.

– Parfait ce fraisier, mon gars !

– Ben ouais, forcément, tu crois quoi !

Je tire une taffe sur le spliff. Aliou a enlevé son bonnet et s'est affalé, ses grandes jambes sur la table basse. Zak choisit le PSG ; Moha, le Real Madrid. J'aimerais rester plus. Mais si les grands passent et que t'es pas là, t'auras des problèmes. Une grosse claque dans ta gueule ou une retenue sur salaire – ou les deux. Même si tu t'entends bien avec eux, qu'ils peuvent être sympas avec toi, ils oublient jamais que le commerce prime.

J'arrive plus trop à parler. Je suis défoncé. Je pense à Djibril, à son frère, et j'ai vraiment envie de savoir où il est, là, tout de suite. Je commence à voir bien précisément les conséquences de la *hagra* qu'on lui a fait subir. Je suis pas un méchant, moi. Donc je ressasse, et pas qu'un peu.

Et là, BAM ! Le coup de fusil en plein cœur. Je me revois, sortant du garage, dire à Rachton « Je conduis, *Rachid* », et je sais qu'il l'a entendu, Djibril.

« Je conduis, Rachid. » Putain, c'est sûr, il a entendu !! Il sait qu'il y a un Rachid dans le coup.

C'est la catastrophe. Tout s'écroule.

Faut que je me calme. Rien laisser paraître. À côté de moi, les gars se marrent aux blagues de Zak ; chacun a ses petits tracas quotidiens. Moi, j'ai un *gros* souci. OK, faire semblant, il se passe rien, tranquille. Mes mains, sa mère. Elles tremblent.

Moha a le regard dans le vide, lui aussi, pendant que Zak prend une plombe à mettre sa compo en place. Ses rires sonnent parfois un peu forcés. Je pense que c'est rapport au fait qu'il a pas de taf depuis un bail. Il cherche sa voie, il est perdu, quoi, comme moi. D'habitude, il se démerde, mais en ce moment, ça marche moins bien.

Allez, dans quelque temps, on aura tous les deux trouvé ce qui nous fait vraiment vibrer, et on en reparlera sans se prendre la tête, et Djibril sera un mauvais souvenir, quasi oublié.

19 h 34. Je vais vomir. Ça monte dans ma gorge.

– Allez les gars, je m'arrache. Si on se capte pas, bonne chance pour Strasbourg, gros !

– Hé ! T'es tout blanc, frère… ! T'as eu peur que je te malmène à coup de 6-0, ou quoi ?

– Je te prends quand tu veux ! Mais ouais, je me sens pas au max, là.

– Allez à toute alors, p'têt' ?

– Possible ouais. Ciao !

Pas au max du tout. En sortant, je suis saisi ; il caille, d'un coup. Choc thermique entre le hall et l'air pollué de la banlieue. Envie de Leïla, de ses bras câlins. Toujours le même bitume, les mêmes blocs, les mêmes têtes. Nuit tombée, mains dans les poches, je retourne dans le four. Cagoule. Boyaux tordus. Deux silhouettes devant le bât, en position d'attente. Moi, j'ai le pass VIP, je rentre sans vérif.

Rachid a les yeux rouges, bien cramés.

– T'as eu du monde ?

– Je dirais cinq. Des petits trucs, rien de fou. Ça joue sec ?

– OK. Ouais, Moha est en feu.

– Ha ha ! Sinon, j'ai reçu un message d'Amine. Ils se demandent où est passé Djibril. Il est pas retourné bosser, apparemment.

– Ah ouais ?

J'ai des suées. Chaudes, puis glacées.

– Ouais, répond Rachton en me fixant.

– Il est K.-O. à l'hosto, avec tout ce qu'on lui a mis dedans.

– Tu crois ?

Il a pas l'air fier, et maintenant c'est moi qui détourne le regard.

– Je sais pas, j'essaye de trouver une explication.

– Abuse pas, quand même, on l'a pas détruit à ce point-là. Des points de suture peut-être, au max.

– Je sais pas, ça me prend la tête, cette histoire. J'ai pensé à un truc y a deux minutes, en plus…

– Quoi ?

– Je crois que j'ai dit ton nom quand on repartait.

– Sérieux ?!

– Ouais, je crois. J'ai eu un flash quand j'étais avec les gars. Je suis presque sûr.

– Putain, j'ai pas capté ça, moi ! C'est la merde, sa mère ! (Il met sa tête dans ses mains.) T'abuses !

– Après, je sais pas s'il a entendu, la porte devait être refermée, mais voilà, quoi. J'en sais rien, mais ça me rend paro, ça me saoule, là.

– Ça sert à rien de cogiter, frère. Faut plus y penser.

– J'y pense, moi ! Je peux pas m'en empêcher ! Et Aliou a vu son reuf tout à l'heure, en plus.

– Ben, y pense plus ! Et son reuf, c'est un putain de schlag !

– Euh, excusez-moi, je pourrais avoir de la beuh ?

On n'a même pas entendu siffler. Un grand gars tout maigre, genre phasme, vraiment fil de fer, avec un masque, un peu crade, qui couvre à peine sa grosse barbe de bûcheron. Sa voix, hyper aiguë, va pas du tout avec son corps.

– Bien sûr, désolé pour l'attente. Tu veux quoi et combien ?

– Euh j'ai lu que vous avez de l'Amnesia en bas, c'est bien ça ?

– Exactement, chef. Amnesia-amnésique, tu vois le truc ?

– Ah oui, je n'avais pas compris le jeu de mots. C'est fort ?

– Ça dépend pour qui. Tu fumes souvent ?

– De temps à autre, le week-end, avec des camarades.

« Camarades » ? Deux fois en quelques heures qu'on me sort des dingueries. Il a plein de pins' sur sa veste en cuir marron, et même un autocollant « JC ». Jean-Charles ? Jean-Claude ?

– OK, Jean-Claude. Faudra pas en mettre trop, hein, sinon ça va faire un peu mal !

– Ah, euh, d'accord, merci. Bonne soirée !

On en voit tellement défiler avec Rachton. On prend pas la peine de débriefer à chaque fois. Mais on aime bien creuser quand ils nous intriguent.

– Allô, c'est quoi « JC » ? C'est son blaze ou quoi ?

– Je sais pas, c'est chelou, j'avoue. Jésus-Christ ?

– Ha ha ha ha !

– Il va prendre une claque avec l'Amné s'il est habitué à fumer sa vieille locale.

– Pire. On aura envoyé deux gars à l'hosto dans la même journée !

Un trait de plus dans le livret.

On entame la dernière ligne droite. Un jour de plus au quartier, encore du travail bien fait.

En espérant que Djibril soit pas trop amoché, quand même. Vraiment.

Coup d'œil au nouveau phone pro, deux appels en absence : Lass. Putain, qu'est-ce qu'y a encore ?

10
Rideau

22 h 07. Ça s'est bousculé ces deux dernières heures, pas eu trente secondes pour rappeler Lass. Pas mal de clients, plus Moha qui est monté pour nous voir. On a mangé un second grec à tour de rôle pendant que ça défilait, aussi bon que le premier, terminé à l'instant. Sauce blanche, toujours, pour moi, pas de débat. Ketchup-mayo pour les frites. La boisson, ça varie : petit Sprite, ce soir. Je bois quand j'ai fini la dernière miette du sandwich, histoire de pas alourdir mon bide. Déjà que je siffle mes cinq canettes dans la journée… Je suis lourd. Je m'allonge sur la chaise pliable qui menace dangereusement de rompre.

Les clients se font rares maintenant. Je devrais rappeler Lass, mais je sais pas, ça me stresse. Je digère, le ventre plein. Des fois, on ferme à 23 heures. Les grands nous disent ça par message tous les soirs, en fonction de l'affluence. Je pense que ce sera 23, aujourd'hui. On attend le texto qui validera ça. En plus, on a fait ce qu'ils demandaient ! En attendant, Rachid est de retour sur son portable et je le regarde se buter les yeux dessus. Je pense qu'il est myope, ça me ferait marrer de le voir avec des lunettes. Coup dur pour le BG.

– Tu veux ma photo ?

– Nan.

– Pourquoi tu me regardes, alors ? Tu me kiffes, ou quoi ?

– Ouais. Je suis fan de toi. Nan, j'attendais que t'aies fini pour te demander un truc.

– Vas-y. Pas encore un truc sur Djibril, pitié ! J'essaye d'oublier cette galère, là !

– Nan. Regarde mon Parions, il passe, d'après toi ?

Il prend mon smartphone et fait défiler les matchs en silence. Aucun bruit dans l'immeuble. Ah si, de la vaisselle, quelque part loin au-dessus.

– Lorient, je sais pas, je mettrais nul.

– Arrête, ils sont éclatés !

– Tu me demandes mon avis, je te le donne, frérot ! Et Dortmund aussi, je suis pas sûr que ça gagne. À part ça, c'est pas mal. Viens, on en fait un à deux ?

– Allez. Je te laisse regarder les cotes et on fait ça.

– Azy. T'as vu le truc avec Zemmour, là ? C'est un baisé, lui !

Faut pas trop le lancer sur ces sujets glissants, il y en a pour des plombes, après. Et Macron ceci, et la mairie cela, et les banques et…

– Bon, le Philosophe, je te propose : victoires de l'Inter, de Rennes, d'United et de City plus un nul du Barça. On oublie Dortmund et Lorient, et on met 20 chacun, ça passe crème.

– Allez. Ça va le faire. Viens, on met les 50 de la plaquette, même ? Ha ha, on est les vrais ienclis de la Française des jeux, nous !

– Ils nous sucent le sang, la vérité ! Ça revient bien, l'Inter. Tu te rappelles l'époque Milito, quand on était tipeu ?

– Ouais, avec Mourinho et tout, c'était solide.

– Grave. Eto'o aussi, il était bon.

D'un coup, Rachton s'excite :

– Y a plus personne, là ! J'ai envie de me casser. Je dois capter la meuf dont je t'ai parlé.

– Laquelle ? Y en a cinq par jour, wesh !

On se marre, il sourit comme un con.

– J'avoue. La tismé, là. J'espère qu'on ferme à 23.

Ça siffle.

– Ouais, moi aussi. Ah ben tiens !

C'est Lassana. Pas forcément calmé, apparemment. Il a troqué le long manteau pour un cuir hors d'âge.

– Alors, ça s'est passé comment ?

– Bien. Nan, Rachid ?

– Ouais, on a fait ce que t'as dit.

– Il a disparu, le Djibril. Vous l'avez pas tué, au moins ? On sait pas où il est. Je vous ai appelés et personne a répondu. C'est pas une option, de décrocher !

Je suis même plus stressé tellement je suis redescendu de toutes mes émotions de la journée. Je suis totalement claqué. Tranquille, je réponds :

– Ah ouais, désolé, j'ai zappé avec le nouveau tel, je dois être sur silencieux. Nan, tranquille, ça va.

– Vous avez intérêt, putain, ça va me rendre fou, sinon ! On ferme pas avant minuit. Y a une soirée clandestine de je sais pas quoi, une rave party de mes couilles en ville, ça peut débarquer d'ici là. Donc minuit ! J'espère que vous avez pas fait de dinguerie.

Il sort. Raté pour se barrer. Quand il donne un ordre, t'exécutes.

Encore une bonne heure et demie et on sera tranquilles. Message de Leïla : « On se rappelle ce soir ? » Réponse : « Pas avant minuit et demi, si tu peux. » Leïla : « J'attendrai. »

Ses messages me collent des frissons par moments, surtout les messages de pas grand-chose, comme ceux-là. « J'attendrai. »

Est-ce qu'avec elle, ça durera ? Je suis pas devin. J'espère. En même temps, je suis réaliste. À notre âge, c'est rare que ça soit pour la vie. Je vois, j'écoute, je constate. Mais parfois, si : ça marche. On se suit sans se perdre, malgré les études, les jobs, les embrouilles, les déménagements, tout ça, et puis un jour, on se marie, *inchallah*. Je pense pas à ça, d'habitude, je sais pas ce que j'ai. Le plus loin que je puisse imaginer, c'est partir à Bali cet été. Tous les deux.

Je checke les plans en speed sur Skyscanner, allez. Wahhh, c'est cher de ouf ! Va falloir charbonner comme il faut !

Rachton regarde par-dessus mon épaule, joint au bec, on commence à discuter. On se dit qu'avec les réseaux, tous ces gens que tu rencontres, les voyages, les tentations… la fidélité, c'est pas facile. Surtout pour lui.

– On a qu'une vie, il dit. On est pas fait pour rester avec la même meuf jusqu'à la fin. C'est normal de vouloir changer, de vouloir connaître d'autres gows, de toucher à tout. Tu boufferais que du chocolat blanc toute ta life ? Tu veux du noir, au lait, et même au lait, t'as quarante marques différentes !

Bon, c'est du Rachton imagé, n'empêche que le message est là et il se tient. Pas que pour le cul. Pour tout. Découvrir quelqu'un, s'en lasser, découvrir quelqu'un d'autre, aimer ça, une semaine ou une décennie. Mais une pour toujours ? Jamais je le dirai à Leïla, ça lui ferait trop de peine, mais j'y crois pas, sérieux. Enfin, je suis partagé, j'en sais rien. Je l'aime, quand même.

Pour le moment, 2021, y a qu'elle, promis. « Je contemple le reste de la création », mais ça s'arrête là, ma Leïla suffit. Est-ce que c'est pas déjà quelque chose d'énorme, sur une vie humaine, de donner des heures, des journées, des semaines, des mois à quelqu'un d'autre ? De lui consacrer une partie de ce temps que tu retrouveras jamais, encore plus quand t'es jeune, au top de ta forme ?

Et les heures pour Leïla, je les compte pas. La thune non plus. Allez, je prends les billets. On s'ennuie jamais, tous les deux. Faut se faire des souvenirs pour plus tard. Ça va être le feu.

Tic, tac. Minute après minute. Froid, silence. Tic, tac. Une ombre par-ci, par-là. Vingt euros, quarante. Quelques mots échangés, un dernier stick pour se mettre bien, dormir paisiblement. Rires, fatigue. Le visage de Djibril flashe derrière mes paupières de temps en temps.

23 h 30. Le quartier est sur pause. À part les deux halls de deal encore ouverts et les groupes de jeunes, personne traîne, pas un chien, pas un chat, pas même

un client. On a servi le dernier, il y a dix bonnes minutes. Un blanc en survêt de Chelsea, casquette sur la tête, furtif.

C'est la nuit, les guetteurs sont plus vieux. L'école est censée être obligatoire jusqu'à seize ans (dix-huit même maintenant, il paraît), du coup, les plus jeunes sont au plumard (ou sur la console). Un gros bâillement sonore me décolle la mâchoire. Mon binôme commence à s'endormir, lui aussi. Ras le cul de la cagoule. Je l'enlève deux minutes. Les teufeurs sont pas venus, s'ils existent vraiment. Je soupçonne Lass de vouloir nous mettre à l'amende sans raison valable. On est ses petits soldats.

– Viens, on se barre, nan ? lance Rachton.

– Dix minutes et on décolle, ouais.

– Pfff.

– Pareil. Je dois appeler ma meuf, en plus.

– Elle dort pas, à cette heure-là ?

– Nan, elle m'attend. Elle a cours en visio demain, pas besoin de se lever tôt.

– OK. Mets du son.

– Quoi ?

– Ce qui vient.
– JUL ?
– Allez.

« C'est le J, c'est le S, 1.3 Mathafack
J'suis qu'avec des têtes cassées dans la loc. »

Tout de suite, j'ai vraiment envie de raconter ma journée à Leïla. Sans rien cacher. Descente de keufs, Djibril, tout ce qui m'est tombé sur la tête. *Courage, mec.* Encore une demi-heure et je pourrai passer tranquillement à autre chose.

23 h 59. On recompte la recette de la fin de la journée avec Rachid. On va tout donner à M d'ici dix minutes, c'est lui qui fera celle de la journée entière. On lui remet le livre de comptes et il se démerde. Il paiera les choufs du 18 heures-minuit, et nous, par la même occasion. On a bien bossé, aujourd'hui, une grosse session : 10 000 euros, à vue de nez.

Maintenant, la tour est déserte, silencieuse, comme si on l'avait vidée de ses habitants. Les gars doivent être posés à la Demi-Lune à bédave, écouter du son, pillave pour certains. Zak doit faire le show, Aliou et Dylan sont sûrement au pieu, eux.

C'est la fin : je retire la cagoule une bonne fois pour toutes, pile au moment de sortir du four. J'ai l'impression de revivre – comme quand tu jettes ton masque chirurgical après deux heures de train. Rachton a hâte de rentrer chez lui. Moi aussi. Avoir Leïla, maintenant, entendre sa voix. J'ai juste envie de ça. C'était trop court, tout à l'heure !

– Viens, on bouge lui filer le biff et je me taille. Je suis crevé.

– Vas-y.

On rejoint M tous les soirs au grec : on se pose deux minutes dans l'arrière-salle pour débriefer, et c'est fini. Pas loin de 1000 euros dans la sacoche, plus trois barrettes et quatre têtes de beuh. Il reste plus grand-chose. Nos chers clients doivent être en train de fumer et d'apprécier.

Il a plu un peu, encore, entre deux accalmies. Nos pas, dans l'allée, s'enfoncent tout doucement dans un mélange poisseux de gravier et de boue collante. Trois misérables lampadaires illuminent nos deux carcasses floues. Dans cent mètres, on y sera.

Vouuuuum. Il surgit de nulle part, ce bruit. D'abord lointain, puis très vite proche, dans la nuit jaunâtre. Pas le temps de capter quoi que ce soit. C'est le moteur d'un T-Max qui vient à fond en face de nous, feux éteints.

– BOUGE ! me crie Rachid, qui a déjà sauté sur la droite.

Je l'entends détaler. Moi, je sais pas, je réagis pas assez vite. J'ai les pieds plantés dans le béton, le cœur à l'arrêt. L'engin s'arrête à cinq mètres de moi. Deux ombres noires en descendent et s'alignent face à moi, l'une avance de deux pas. Y a rien à voir, casques intégraux.

*

Minuit. Pluie fine, gyrophares flous, sirène sonore. Du rouge, du blanc, trois, quatre visages illuminés, mine grave, flottant dans mon champ de vision. Des combinaisons, des uniformes, des mots, des questions sans réponse, pour eux, pour moi. Je suis dans les vapes, j'ai vaguement mal. C'est lointain.

Des images défilent dans ma tête. Djibril dans la cave, mes Nike ensanglantées, Rachid qui conduit, notre survêt qu'on n'a pas changé depuis tout à l'heure. Je sais même pas qui c'était, ces deux gars. Une autre équipe ? On bute pas un bosseur comme moi, pour rien, comme ça. Faut un minimum de raisons. Ou alors, ce shlag de Saïdou, sorti de l'HP ? J'imagine ma mère penchée au-dessus de moi. Maman ? C'est toi ?

Ils essaient de me réanimer.

Ils y arriveront pas.

Le dernier son de cette vie, la mienne, c'est les coups de feu.

J'ai pas souffert.

La dernière image, c'est pas le tunnel blanc ou quoi que ce soit dans ce style. C'est nous, dix ans, autour de la table, riants, insouciants, heureux.

Du coup, je vais fermer les yeux avec un sourire énigmatique aux lèvres. Hichem, dix-huit ans, pas trop con, crevé sur l'asphalte, pour pas grand-chose.

Pas le premier, pas le dernier.

Loin d'être le dernier.

Lexique non exhaustif

Archouma : honte

Bailler : mettre de côté, oublier

Baqueux : agent de la BAC

Bicrave : vente, trafic de drogue (par extension vendeurs, trafiquants)

Cambus : cambriolages

Chouf : guetteur

Clicos : client gros consommateur de stupéfiants

Dou'a : invocation qui fait partie de la prière musulmane

Gova, tchop : voiture

Habs : prison

Hagra : misère, injustice, humiliation publique.

Haram : ce qui est interdit par l'islam (par opposition à *halal*)

Khapta : ivresse

Kisdé : policier en civil

Koké manmanw : expression créole équivalente à « Nique ta mère »

Milito, Mourinho, Eto'o : joueurs de foot

Nourrice : personne insoupçonnable qui garde la drogue non loin du lieu de vente, généralement une mère de famille

Pers' : joint fumé en solitaire

Salat : prière musulmane

Teh, zdeh : un joint

TN : modèle de baskets Nike Tuned Air, aussi appelées « Requins »

Tieks, tiekson : le quartier, la cité

Tifos : banderoles des supporters de foot

TP : temps plein dans le jargon du deal (soit une journée complète de vente)

Zipette : cocaïne

Directeur de publication : Frédéric Lavabre
Collection dirigée par Julia Robert-Thévenot
Maquette & Conception de couverture : Morgane Flodrops

Achevé d'imprimer en janvier 2023
sur les presses de l'imprimerie Normandie Roto Impression s.a.s.
N° d'édition : 004
N° d'impression : 2206490
Dépôt légal : 1er semestre 2023
ISBN : 978-2-377-31932-9
Imprimé en France